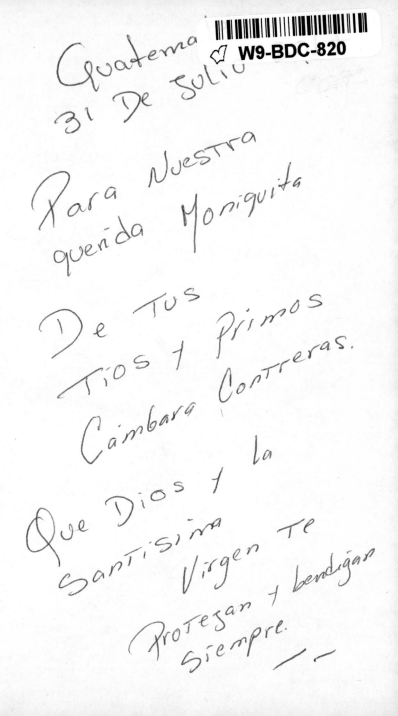

Guatema[la]
31 De Julio

Para Nuestra
querida Moniquita

De Tus
Tios y Primos
Cámbara Contreras.

Que Dios y la
Santisima
Virgen Te
Protejan y bendigan
Siempre.

El mensaje de los pájaros

Joan Manuel Gisbert

Premio EL BARCO DE VAPOR 2000

¡Déjate caer por fueradeclase.com un portal para gente como tú!

Primera edición: mayo 2001
Décima edición: septiembre 2005

Dirección editorial: Elsa Aguiar
Colección dirigida por Marinella Terzi
Diseño de la colección: Alfonso Ruano
Traducciones: Chata Lucini

© Joan Manuel Gisbert, 2001
© Ediciones SM, 2001
   Impresores, 15
   Urbanización Prado del Espino
   28660 Boadilla del Monte (Madrid)
   www.grupo-sm.com

CENTRO INTEGRAL DE ATENCIÓN AL CLIENTE
Tel.: 902 12 13 23
Fax: 902 24 12 22
clientes@grupo-sm.com

ISBN: 84-348-8102-0
Depósito legal: M-34333-2005
Impreso en España / *Printed in Spain*
Gohegraf Industrias Gráficas, SL - Casarrubuelos (Madrid)

1 Gracián, un rey pobre

CADA mañana, cuando la luz de un nuevo día le abría los ojos, el rey Gracián recordaba lo pobre que era. Su pequeño reino de bosques y montañas estaba casi despoblado. Apenas tenía más súbditos que los animales que vivían en ellos.

Le quedaban muy pocos soldados. Los más jóvenes se habían ido para ofrecerse a otros reyes y señores que pagaban bastante mejor. Solo tenía ocho guerreros, y eran casi tan mayores como él. Ya no se atrevían a montar muy a menudo a caballo por temor a lastimarse. Se pasaban buena parte de las horas durmiendo. Tampoco tenían mucho que hacer. Nadie quería atacar aquel apartado castillo en el que no había nada de gran valor o interés.

Los tres criados que aún vivían allí solían perderse por los pasillos y se escondían en las habitaciones oscuras y vacías para no ser vistos. Las telarañas formaban velos en los ángulos de los techos. El polvo cubría las salas y los muebles. La vajilla de plata estaba sucia y deslucida, y el poco oro de palacio, de tan triste, parecía latón.

El cocinero real se había vuelto descuidado y solo hacía platos apresurados y sosos que hacían perder la ilusión de comer. El jardinero dejaba que los árboles y arbustos de los patios crecieran a su antojo, y nunca se acordaba de podarlos. Tenía todas las semillas mezcladas. Por ello le salían las flores más inesperadas.

Ya no había músicos ni juglares en la pobre corte del rey Gracián. Preferían actuar en otros castillos y palacios, o en plazas públicas donde ganaban buenos puñados de monedas con sus vistosas y alegres funciones. Aquel humilde rey tampoco tenía ya ministros o consejeros. Viendo que no había nada importante sobre qué aconsejar, habían preferido ofrecer sus servicios a otros príncipes, o a barones, duques o arzobispos. Algunos estaban con el Duque Negro, que era un siniestro y despiadado personaje.

Pero el rey Gracián no se sentía triste. Sabía que era un monarca pobre, y lo aceptaba. Lo que más le gustaba era pasear por las almenas y los patios del castillo y, sobre todo, por los frondosos bosques que lo rodeaban, para observar a los bellos pájaros, admirar los colores de sus plumas y deleitarse escuchando sus trinos, gorjeos y cantos. En ellos encontraba la belleza más sencilla y agradable, la armonía más pura, la mejor música del mundo.

Los pájaros de los bosques eran sus súbditos predilectos. Y también, debido a su soledad, sus mejores amigos. Pero había un inconveniente. A causa de la edad, Gracián se cansaba mucho caminando por el bosque. Sus paseos eran cada vez más cortos, y también los ratos en que podía disfrutar viendo y escuchando a los pájaros.

Eso lo entristecía más que ninguna otra cosa.

2 El buhonero de Anatolia

Una tarde llegó al castillo un viejo buhonero que iba en un carromato del que tiraban dos cansados caballos.

El hombre tenía los ojos rasgados y un rostro de líneas orientales. El carro estaba lleno de objetos y curiosidades de muy diversas clases. Intentó venderles algo a los soldados, pero no le quisieron comprar nada.

El rey Gracián, movido por la curiosidad, bajó al patio de carruajes. El visitante se inclinó ante él y se presentó diciendo:

—Soy un buhonero que siempre ha vivido de la venta, de aldea en aldea, de lugar en lugar. Hoy aquí, mañana allá. He recorrido más de treinta países en estos últimos años. Pero ya soy demasiado viejo para seguir llevando esta vida de mercader ambulante. Voy de regreso a la lejana aldea de Anatolia donde nací. Este será mi último viaje. Llevo ya mucho retraso. Necesito aligerar el carromato. Vendo a buen precio lo que me va quedando. Me gustaría que me hicierais el honor de adquirir alguno de mis artículos. Son objetos bellos, a veces útiles; algunos, únicos en el mundo. Seguro que algo de lo que os mostraré merecerá vuestro interés. Pero, si no es así, me retiraré enseguida y suplicaré vuestro perdón por haberos molestado en vano.

Gracián estuvo un rato examinando los objetos colgados a ambos lados del carromato. Luego revolvió con las manos entre los muchos que se amontonaban en el interior del vehículo.

El buhonero no había exagerado. La mayoría de sus artículos eran raros y atractivos, cosas nunca vistas. Tenía bonitos molinillos de viento que al dar vueltas sonaban como cajas de música. Pergaminos con misteriosos paisajes pintados que parecían distintos cada vez que alguien los miraba. Relojes de arena que funcionaban al revés. Lagartos disecados cuyos ojos se abrían y cerraban de vez en cuando. Guantes a los que, al ponérselos, les salían cascabeles de las puntas de los dedos. Sonajeros que imitaban el sonido de la lluvia en los bosques. Pañuelos, sutiles como velos, impregnados del aroma de flores casi imposibles de encontrar. Frascos con perfumes para las distintas horas del día y de la noche. Cajitas con cremas para la finísima piel de los párpados. Sandalias y babuchas para caminar con pies ligeros por pasillos interminables...

Al rey Gracián le gustaba todo. De buena gana habría comprado el carro entero. Pero no podía gastar tanto en caprichos. Apenas si le alcanzaba para pagar a los pocos soldados y servidores que aún estaban con él. Al fin, decidió:

«Me daré el gusto de quedarme con una de estas cosas, solo con una. Ahora bien, ¿cuál voy a escoger? Todas son muy sugestivas. Será difícil decidirse.»

—¿Os habéis fijado en esto, señor? —dijo el buhonero, señalando algo casi invisible que colgaba de un alambre que iba de lado a lado en el interior del carromato.

—Casi no lo veo —repuso Gracián—. ¿Qué es?

—Una red de finísimos y resistentes hilos de plata. Es casi invisible. Solo se ve bien cuando el sol le da de lleno.

El rey la rozó con las yemas de los dedos y preguntó:

—¿Para qué sirve?

—Para capturar los más bellos pájaros, señor, y los de más exquisito y sugestivo canto.

—Los pájaros son mi afición favorita —reconoció Gracián.

—Esta red los atrae como un imán. Da resultado, señor. Yo mismo lo he probado.

Gracián empezaba a tener una idea, pero ante todo quiso saber:

—¿Es muy cara?

El buhonero le dio una respuesta sorprendente:

—No os pediré monedas ni ningún objeto de valor por ella. No tendréis que darme nada.

—¿Cómo, pues, podré pagar? —preguntó el rey, extrañado.

—Ofreciendo techo y protección a un muchacho muy joven, casi un niño aún.

—¿Un niño? No hay niños por aquí. Hace años que no he visto ninguno —aseguró con tristeza.

—Pues me encontré a uno hace unas semanas, una tarde de lluvia. Iba solo y perdido por los caminos. Llevaba un zurrón con catorce flautas. Sabe tocarlas de maravilla. Le dije que se viniera conmigo, y aceptó. Pero hace unos días se adentró en el bosque y no lo volví a ver. Estuve tres días esperándolo y buscándolo, sin resultado. Se habrá perdido otra vez. Pero antes o después, supongo yo, sabrá volver. Lo malo es que no puedo quedarme a esperarlo. Tengo que proseguir mi largo viaje de regreso

11

a Anatolia. Por tanto, os ruego, señor, que si vuestros soldados o criados lo encuentran, o él aparece por aquí, le deis amparo.

—¿Cuál es el nombre del muchacho?

—Creo que me dijo que se llama Magrís. Pero sus catorce flautas lo hacen inconfundible. No creo que haya otro como él.

—Ten por seguro, mercader, que si aparece por aquí, o lo encontramos, se le ofrecerá techo y comida.

—No esperaba menos, señor. La red de hilos de plata es vuestra. Con ella conseguiréis los pájaros más prodigiosos, no lo dudéis. Y ahora, debo irme. Ya empieza a oscurecer.

Al buhonero pareció entrarle mucha prisa. Se subió al carro, tomó las riendas de los caballos y los animales emprendieron la marcha por sí mismos.

3 *Una bella jaula de oro*

Al día siguiente, el rey Gracián empezó a poner en práctica su idea. Como no había pagado por la red de hilos de plata, se dijo que podía permitirse un gasto.

Mandó a dos de sus holgazanes criados a un reino cercano, en el que había casi de todo, a comprar una jaula de oro.

Los dos hombres partieron, refunfuñando, en una carreta. Les parecía que aquello era malgastar una parte del poco dinero que le quedaba al rey Gracián. Veían sus pagas en peligro. Pero no se atrevieron a desobedecer.

Gracián les había dado unas instrucciones muy precisas y claras:

—Tiene que ser una jaula grande, alta como cuatro hombres, y tan amplia que para completar una vuelta entera alrededor de ella haya que dar treinta y tres pasos. Comprad los aros, varillas y complementos necesarios. La montaremos aquí. En ella vivirán pájaros de muy variadas especies. Ya no tendré que ir al bosque a cansarme, ni a soportar la lluvia, ni a lastimarme los tobillos por culpa de hoyos ocultos por la hojarasca.

Mientras la carreta se alejaba, pensó el rey:

«Esos pájaros serán la más dulce compañía. Siempre los tendré cerca de mí. Le pondré un nombre a cada uno y, cuando los llame, acudirán. Me ofrecerán sus trinos más melodiosos y alegres, y los premiaré con sus golosinas preferidas. ¡Todos los pájaros del bosque querrán vivir en la jaula de oro! Pero solo habrá lugar para unos pocos, tres docenas de ejemplares, en parejas, para que críen y estén a sus anchas.»

A los doce días, volvieron los criados con todo el material necesario. En tres horas, la jaula de oro quedó montada en el patio central del castillo, entre los árboles.

El rey Gracián la veía desde las ventanas de sus aposentos. A todas horas del día podría oír los cantos de los pájaros. Ya le parecía estar escuchándolos.

La red de plata fue colocada en el bosque cercano, entre un fresno y un abedul. Sus hilos eran tan finos que apenas se veían. Solo cuando brillaban a la luz del sol era posible distinguirlos con claridad. Entonces parecía una gran telaraña de luz en el aire.

Luego, desaparecía a la mirada y era casi imposible verla.

Gracián la contemplaba con satisfacción mientras pensaba:

«No tardará en quedar algún bello pájaro apresado. Él será el primer habitante de la jaula de oro. Y pronto se reunirán con él otros afortunados que tendrán su misma suerte.»

4 *La promesa del estornino*

AL atardecer, un estornino quedó atrapado en la red de plata. Enseguida, uno de los viejos soldados, que estaba allí camuflado, vigilando, fue corriendo a avisar al rey Gracián.

—¡Señor, tenemos a un precioso estornino en la red de plata!

—¡Vamos ahora mismo, quiero verlo enseguida! —dijo Gracián, interrumpiendo la partida de ajedrez que jugaba consigo mismo.

Olvidándose del dolor que notaba en las rodillas, el rey se apresuró para llegar cuanto antes al lugar del bosque donde estaba la red.

El estornino batía las alas para escapar de la trampa de hilos de plata, que se movían como reflejos en el agua, pero no conseguía huir.

Gracián introdujo las manos entre los pliegues de la red y, con mucho cuidado y delicadeza, cogió al estornino.

Enseguida notó que su diminuto corazón,

como una avellana muy pequeña, latía con miedo.

—No temas nada, precioso amigo —le susurró el rey con suavidad, como si le hablara al oído—. Te llevaré a un lugar donde estarás en la gloria, a salvo de peligros, bien alimentado, incluso con algunas golosinas que serán muy de tu agrado. Serás el primer habitante de una bella jaula de oro.

Cuando el rey dijo la palabra jaula, el estornino hizo un desesperado esfuerzo por huir.

—Tranquilízate —le pidió Gracián, cerrando un poco más la mano para que no escapara—. Puedes considerarte afortunado. No es una jaula cualquiera, sino un palacio para pájaros.

Entonces, con inmensa sorpresa, el rey oyó que el estornino le hablaba con una débil vocecilla que, sin embargo, llegaba a su oído:

—Prisionero en una jaula no te seré de utilidad. Si me dejas en libertad, te aseguro que saldrás ganando.

Gracián miró de reojo al soldado, que estaba a una respetuosa distancia. Quería saber si había oído la vocecilla del estornino. El soldado no parecía haberse dado cuenta de que el pájaro hablaba.

El estornino añadió:

—Si abres ahora la mano y me dejas ir volando, cuando nos veamos de nuevo ocurrirá algo que te va a maravillar.

El rey estaba totalmente impresionado. Nunca había oído hablar a un pájaro, ni pensaba que pudiera ocurrir cosa semejante. Casi sin darse cuenta, fue abriendo la mano hasta que el estornino pudo echarse a volar.

—No te arrepentirás de lo que has hecho —le dijo el pájaro, ya en el aire—. Cuando volvamos a vernos, lo comprobarás.

Y se alejó volando a toda prisa, como un suspiro con dos alas.

El soldado estaba muy sorprendido. Se le notaba en la cara. Para poner fin a su extrañeza y evitar rumores y comentarios, Gracián le dijo, ocultando la verdad:

—Lo he dejado ir por haber sido el primero en caer en la trampa. A partir del próximo, los llevaremos a todos de la red a la jaula.

5 El jilguero que no dormía

AQUELLA noche, el rey Gracián no pudo dormir.

Caminaba a oscuras por su dormitorio, de un lado a otro, lleno de dudas. Una y otra vez se decía:

«He sido un tonto. ¡Qué equivocación la mía! ¡Dejar escapar a un pájaro capaz de hablar! He perdido una maravilla, un animal único en el mundo. Habría sido el asombro y la admiración de todos. El estornino ha dicho que volveríamos a vernos, pero seguro que me ha engañado. No lo veré nunca más. Conoce la red de hilos de plata. No caerá otra vez en la trampa.»

Sin salir de sus aposentos, caminando sin parar, Gracián siguió lamentándose hasta que los gallos cantaron.

«Ni siquiera tendré el consuelo de explicarle a alguien lo que ha ocurrido. Si digo que un estornino me ha hablado, me tomarán por trastornado y se reirán de mí. Nadie lo creerá. No podré compartir mi secreto. Me lo tendré que callar. ¡Con lo que me gustaría contárselo a todos!»

Al día siguiente, a media tarde, el soldado que estaba escondido entre los arbustos, vigilando la red de plata, llegó corriendo al cuarto donde reposaba Gracián.

—¡Ha caído otro pájaro en la red, señor! Es un precioso jilguero. Da gusto verlo.

Gracián quiso ir enseguida a cogerlo delicadamente con sus manos, pero, como no había olvidado lo sucedido con el estornino, lo pensó mejor y ordenó:

—Cógelo tú mismo, con mucho cuidado, y llévalo a la jaula de oro. Yo bajaré a verlo más tarde.

El soldado cumplió el encargo. El jilguero se convirtió en el primer habitante de la jaula.

El rey lo vio primero a distancia, desde una de sus ventanas. Forzando la vista, distinguió su carita roja, su mantilla negra, su dorso marrón claro y sus alas negras y amarillas. Era muy bonito.

Gracián esperó a oírlo cantar. Quería deleitarse con sus trinos.

21

Pero el pájaro estaba quieto y silencioso. No aceptaba estar prisionero en una jaula.

Se hizo de noche. Gracián observaba desde uno de sus ventanales. La oscuridad había envuelto la jaula de oro. El rey pensaba:

«Tiene que irse acostumbrando a su nueva vida. De momento, está mohíno y asustado. Esperaré a que se duerma. Entonces bajaré y le hablaré con voz suave. Me oirá dormido, en sueños. Seguro que, a su manera, los pájaros también sueñan. Así se empezará a acostumbrar a mi voz.»

Cuando todas las luces se apagaron, Gracián bajó despacio, sin que lo viera nadie, al patio donde estaba la jaula.

Solo la luna brillaba en la noche, y los deseos. Y, muchísimo más lejos, las estrellas y las luces de fondo del universo.

El rey se acercó a la jaula. El jilguero era como un membrillo de plumas. Estaba en una de las ramas naturales que se entrecruzaban a diversas alturas. Tenía la cabeza escondida bajo el esponjoso manto de las alas.

Gracián le ofreció sinceras palabras de bienvenida. Quería que llegaran a su dormido corazón sin despertarlo.

Pero la cabecita del jilguero apareció de

pronto entre las plumas, con sus pequeños ojos abiertos, y dijo:

—Me hacía el dormido porque te esperaba. Nunca seré capaz de vivir en una jaula. Si me tienes aquí encerrado, no me oirás cantar jamás.

No por haber oído hablar antes al estornino fue menor la sorpresa del rey al descubrir que el jilguero también hablaba. Incluso fue mayor aún. Que un pájaro hablara, ya era algo extraordinario; pero que lo hicieran dos, era fabuloso.

—Si me dejas escapar —dijo el jilguero con su débil pero clara vocecilla—, dentro de unos días sabrás algo que nunca olvidarás.

Gracián estaba completamente impresionado. No fue capaz de negarse. Protegido por la oscuridad, sabiendo que nadie lo veía, abrió con la mano derecha la puerta de la jaula, sin que su mano izquierda se enterara.

A los pocos momentos, el jilguero volaba de regreso a los bosques. Gracián empezó a arrepentirse de lo que había hecho.

«Me parece que he sido un tonto otra vez. He podido ser el único rey del mundo que tuviera un jilguero capaz de hablar, y lo he dejado escapar. Después del estornino y el jilguero, ya no tendré ninguna otra oportunidad.»

Por la mañana, los soñolientos criados se die-

cuenta de que la jaula estaba vacía. Se apre-
raron a avisar al rey Gracián, que aún dormía:

—¡Señor, el jilguero ha huido!

Gracián no les dijo que él mismo había abierto la puerta de la jaula para que el animal escapara. Puso cara de enfado y respondió:

—El tercero no se escapará, os lo aseguro.

6 *Caminando en sueños*

PASARON tres días. Ningún otro pájaro quedó apresado en la red de plata. Parecía que se hubiesen avisado entre ellos para no quedar cogidos en la trampa.

El rey Gracián seguía pensando que había dejado escapar dos veces una fabulosa ocasión y que ya no se le presentaría ninguna otra.

Sus ojos grises eran como pequeños lagos tristes en un día sin sol. Caminaba despacio, sin ilusión, como si no fuera a ningún sitio o no quisiera llegar a donde iba.

Pero todo cambió al amanecer del cuarto día. Uno de los soldados llegó casi sin respiración a la torre del homenaje. El rey había subido allí para contemplar desde lo alto los frondosos bosques y las bandadas de pájaros en el cielo.

—¡Señor, un petirrojo ha quedado cogido en la red! Es precioso, ¡un ejemplar magnífico!

Gracián tuvo deseos de ir a verlo enseguida, pero se contuvo.

izo lo que tenía pensado hacer si los hilos
plata le conseguían otro pájaro.

—Llevadlo a la jaula de oro. Con mucha de-
adeza, sin hacerle el menor daño. Y que que-
e la puerta bien cerrada.

—¿No deseáis verlo, señor? —preguntó el
soldado.

—Esperaré unos días, hasta que se haya acostumbrado a su nueva morada. Ahora estará
asustado. Necesitará un tiempo para tranquili-
zarse.

A Gracián le costó mucho dormirse aquella noche. Miraba desde sus ventanas la jaula de oro.
La veía envuelta en la oscuridad. No había apenas luna a causa de la niebla.

A veces le parecía oír una débil vocecilla en
el gran silencio del castillo. Quizá el petirrojo
lo llamaba, hablándole con palabras humanas,
para pedirle que le abriera la puerta de la jaula.
Pero no quería escucharlo ni dejarlo huir.

El rey Gracián se tapó los oídos con migas
del pan que le había sobrado de la cena.

«Aunque el petirrojo llene la noche de palabras, no oiré ninguna», pensó confiadamente.

Aquella esperanza lo ayudó a dormirse. Al

silencio de palacio se añadía el silencio que las migas ponían en sus oídos. No haría nada que luego tuviese que lamentar.

No sabía aún lo que de verdad ocurriría.

En plena noche, sin despertarse, el rey Gracián se levantó despacio de su gran cama con dosel y echó a andar muy lentamente. No tropezó con ningún mueble. Salió de su alcoba y avanzó por el largo pasillo. Sus ojos seguían cerrados. Caminaba en sueños, dormido, sonámbulo.

Los centinelas de guardia aquella noche no se dieron cuenta de nada. Como de costumbre, roncaban.

Bajando por las escalinatas, Gracián llegó al gran patio donde estaba la jaula de oro. Guiado por su corazón, se acercó hasta quedar a muy corta distancia.

Una vocecilla suave dijo entonces:

—Si me abres, serás pronto leyenda.

Era el petirrojo quien hablaba.

Sin haberlo oído, profundamente dormido, Gracián no tardó en hacer lo que el pájaro prisionero le había pedido.

Cuando el petirrojo se alejó volando hacia los bosques silenciosos, el rey Gracián, sin despertar, emprendió el camino de regreso a su cama por escaleras y corredores.

Solo sus pies descalzos notaban lo frío que estaba el suelo de mármol.

Cuando se descubrió por la mañana que la jaula de oro estaba vacía otra vez, hubo un gran alboroto.

Los dormilones soldados de la guardia nocturna tuvieron miedo. Pensaban que esta vez el rey se enfadaría mucho con ellos.

Pero no fue así. Al principio, Gracián se quedó muy sorprendido. Luego, como si hubiese comprendido algo dentro de sí, les dio a los criados y al jardinero una orden inesperada:

—Desmontad la jaula y guardad todas las varillas, aros, ramas y componentes en uno de los almacenes. Que no se pierda ninguno. Quizá algún día volvamos a necesitarlos.

7 El vagabundo de los bosques

CUANDO la jaula hubo sido desmontada, Gracián fue al lugar donde estaba la red de hilos de plata y les pidió a sus soldados que la desataran del fresno y del abedul.

Una vez de regreso en el castillo, el rey la dobló cuidadosamente doce veces hasta que quedó reducida a un montón de hilos de plata.

La metió en una caja de madera de fresno, con escudos pintados en colores, y la cerró con su llavín.

A continuación, guardó la caja de fresno en un cofre de madera de abedul y le dio dos vueltas a su llave.

Después puso el cofre de abedul en un armario de plomo que pesaba tanto que era imposible moverlo. Estaba allí desde hacía trescientos años.

El armario tenía un poderoso cerrojo, con una llave grande. Con mano firme lo cerró.

Se quedó con las tres llaves. Las unió con

una cadena de hierro y se la colgó al cuello como si las llaves fuesen talismanes.

Siete días después apareció en palacio el muchacho del que había hablado el buhonero de Anatolia.

Parecía un vagabundo de los bosques.

Aunque era muy joven, casi un niño aún, se notaba que había caminado por el mundo y visto muchas cosas.

En su mirada había cientos de árboles distintos, aguas dormidas de lagos, mares de espigas, cumbres de montañas, caminos y senderos que se unían y separaban.

Se notaba que había tenido en sus manos muchos pájaros.

Sus dedos, largos y nudosos, eran como pequeñas ramas, y sus brazos, troncos acogedores y cálidos.

Se adivinaba que había estado en muchos lugares donde era difícil abrirse paso. En la cara y en los brazos tenía señales y marcas, rasguños de ramas y zarzas, y sus manos estaban arañadas.

Al presentarse ante el rey, demostró que conocía los cantos de cientos de pájaros distintos. Sin que Gracián se lo pidiera, imitó a la per-

fección los trinos y gorjeos de muchas especies con las catorce flautas de madera y de hueso que llevaba en un zurrón.

—Eres extraordinario —reconoció Gracián admirado—. Nunca conocí a nadie con un talento tan portentoso como el tuyo. Este pobre castillo será tu casa mientras quieras. Se lo prometí a un buhonero que me habló de ti. Y aunque no me lo hubiese pedido, también te lo ofrecería.

El muchacho sonrió de un modo tan fugaz que el rey no se dio cuenta de que lo hacía. Como lo veía serio, le preguntó:

—Dime: ¿quieres quedarte, o no?

El chico asintió con la cabeza. Parpadeaba muy despacio, lo que le daba un cierto aire de tristeza, pero su mirada era limpia y transparente, y al viejo rey enseguida le agradó su compañía y pensó que podía confiar en él.

—Casi todas las habitaciones de este palacio están vacías. Puedes elegir la que más te guste. Ve tú mismo y acomódate.

Magrís guardó sus catorce flautas en el zurrón y, sin decir nada, se adentró en el laberinto de pasillos oscuros que se cruzaban.

8 *Solo a ti puedo decírtelo*

U NA hora después, el muchacho reapareció. Ya no llevaba el zurrón. Gracián no le preguntó qué habitación había escogido. Su pensamiento estaba en otra cosa. Al ver a Magrís, le dijo:

—Tú que tanto conoces a los pájaros, ¿crees que es posible que alguno de ellos hable?

Magrís miró fijamente al rey. Pero no le dio respuesta. Gracián se impacientó y fue más lejos:

—Y si te dijera que hace unos días dos de ellos me hablaron, y un tercero creo que también, aunque no estoy tan seguro, ¿qué me contestarías?

Gracián notó que el muchacho no ponía cara de asombro. Había escuchado sus palabras sin parpadear siquiera, como si estuviese oyendo lo más natural del mundo.

—¿Crees que tengo la imaginación enferma, que no sé lo que me digo? ¿Por eso disimulas tu sorpresa? Pues te equivocas —aseguró Gracián algo enfadado—. Sé muy bien que los pájaros no hablan. Pero esos que he mencionado lo hicieron. No me cabía la sorpresa en el cuerpo. Por eso los dejé huir tras haberlos capturado. Y ahora me arrepiento. Daría cualquier cosa, la que fuese, por tenerlos otra vez aquí. ¿Tú serías capaz de ayudarme a recuperarlos?

—Yo también quiero saber dónde están —dijo Magrís, sin perder aquella serena templanza que lo hacía extraño y misterioso—. Llevo muchos días buscándolos, señor.

—¿Cómo has dicho? —reaccionó enseguida el rey—. ¿Los estás buscando?

—Sí, señor.

—Entonces, ¿ya sabías que existen?

—Sí que lo sabía, señor rey —confirmó.

—¿Y cuántos hay? —quiso saber Gracián, que miraba cada vez con mayor respeto al muchacho.

—Son muy pocos. Ellos y sus antepasados vivieron durante miles de años en el templo de los pájaros.

—Nunca he oído hablar de ese sitio —reconoció el rey, muy interesado, esperando nuevos detalles.

—Está en un lugar oculto, en lo más espeso y profundo del bosque, al que no llega nunca nadie.

—¿Tú podrías llevarme allí? —preguntó Gracián, concibiendo esperanzas.

—Sí, señor, pero tendríamos que ir solos, sin vuestros soldados.

—¿Por qué?

—Se asustarían los pájaros.

—¿Está muy lejos el templo del que me has hablado? —quiso saber el rey, pensando en sus frágiles rodillas.

—Tomando el camino más adecuado, llegaríamos allí en dos noches y dos días, sin ir muy deprisa.

Gracián estaba asombrado. Aquel era un muchacho muy singular. No solo por su portentosa habilidad con las flautas. Por lo visto, sabía cosas que los demás desconocían.

—Dime la verdad: ¿quién eres, muchacho?

—Nadie, señor —respondió Magrís con humildad—. Solo un hijo de los bosques.

El rey no quedó convencido. Probó por otro lado:

—¿Por qué andas buscando a esos pájaros que hablan?

Con la mayor naturalidad, el chico contestó:

—Para que me digan su secreto.

Gracián iba de sorpresa en sorpresa.

—¿De qué secreto hablas?

—Del que ellos guardan desde hace muchísimos años —explicó el muchacho, tranquilo, convencido, imperturbable.

El viejo rey recordó entonces lo que le había dicho el jilguero:

«Si me dejas escapar, dentro de unos días sabrás algo que nunca olvidarás.»

En aquel momento, uno de los criados del rey entró en la estancia. La conversación quedó interrumpida.

—Señor, un caballero acaba de llegar. Desea ser recibido por vuestra majestad.

—Pues llega en mal momento —replicó el rey—. Este muchacho y yo estamos hablando de cosas interesantes. ¿Quién es el visitante?

—Béltor, un enviado del Duque Negro.

Gracián cambió de cara y torció el gesto. El Duque Negro vivía en un reino cercano. Era un personaje sombrío y violento. Todo lo que tenía que ver con él suponía amenaza y peligro.

—Ese caballero tendrá que esperar —dijo Gracián, que aún quería hacerle muchas otras preguntas a Magrís. No se había dado cuenta de que el muchacho, al oír nombrar al Duque Negro, había salido de la estancia para alejarse por el laberinto de corredores y pasillos.

—Suplico mil disculpas, majestad —dijo de

pronto un hombre vestido de oscuro que apareció en la puerta sin que le fuese permitida la entrada—. Los que estamos al servicio del Duque Negro no podemos esperar. Él exige ser obedecido siempre con la mayor celeridad.

9 Una visita de mal agüero

EL rey Gracián disimuló su enfado y su contrariedad por la desconsiderada intromisión de aquel hombre.

—¿A qué debo el agrado de vuestra visita? —le preguntó, ocultando la incomodidad y el fastidio que le producía su presencia.

Béltor entró enseguida en materia:

—Mi señor, el Duque Negro, para quien me honro en trabajar como taxidermista, quiere ampliar su magnífica colección de aves disecadas para asombrar a sus invitados. Me ha encargado que le consiga bellos ejemplares.

—¿De aves?

—De pájaros —precisó el disecador con cierta impaciencia.

—Por lo que tengo oído, en la galería de piezas disecadas del Duque Negro solo hay animales grandes, como jabalíes, ciervos, venados, corzos, osos, linces, águilas y otros semejantes.

Nunca oí hablar de su afición por los pequeños pájaros.

—Pues sus gustos han cambiado. Ahora se apasiona por ellos. Sabemos que vuestros criados compraron aros, varillas de oro y todo lo necesario para construir una gran jaula.

—Así es —concedió Gracián, preocupado por el interés del Duque Negro por aquella cuestión.

—Me gustaría mucho verla y, sobre todo, admirar los preciosos ejemplares que sin duda tenéis en ella.

El viejo rey veía cada vez más sospechosa aquella visita. Explicó:

—No tengo ninguno.

—Ah, ¿no? —se extrañó, contrariado, el taxidermista—. ¿Por qué motivo?

—Por la sencilla razón de que la jaula está desmontada —dijo Gracián—. La tuve en pie unos días, pero pronto me cansé de verla.

Béltor miró por la ventana como si lo pusiera en duda, y con aire de recelo preguntó:

—Entonces, ¿por qué tuvisteis tanta prisa en comprar los materiales necesarios para construirla?

—Se trataba de un antojo. Como vino, se fue —dijo Gracián, callándose la verdad de lo ocurrido—. Si el capricho vuelve, les ordenaré a mis servidores que la levanten otra vez.

El taxidermista se quedó unos momentos sin saber qué decir. Estaba confuso y decepcionado. Su visita no estaba dando el fruto que esperaba. Pero no quería irse de vacío. Lo intentó por otro lado:

—¿No habéis visto en estos últimos días... qué sé yo... —dudaba, escogiendo las palabras con cuidado—, algunos pájaros digamos... especiales, diferentes, inesperados...?

Gracián se puso aún más en guardia. Sus sospechas aumentaban. Respondió con mucha cautela:

—Pues no. Los de siempre. Alondras, jilgueros, ruiseñores, mirlos... con sus bonitos cantos, que nunca me canso de oír, aunque siempre son iguales. Y ahora, si no tenéis nada más que preguntarme, os ruego me disculpéis, pues mis ocupaciones me reclaman —dijo Gracián, que en realidad no tenía nada que hacer, pero quería librarse de aquel incómodo visitante.

—Lamento haberos molestado —dijo Béltor con mala cara—. Recibid los respetuosos saludos de mi señor, el Duque Negro. Y ahora, perdonadme. No quiero importunaros más.

—Nada tengo que perdonaros —dijo el rey,

contento porque la conversación terminaba—. Id en paz.

El disecador hizo una forzada reverencia y salió con prisa y furia de la estancia.

Gracián estaba preocupado. Las preguntas de aquel hombre parecían demostrar que sabía algo de los pájaros que hablaban, o tenía motivos para creer que existían.

Eso quería decir que no solo era Magrís quien los buscaba. Un hombre temible y poderoso como el Duque Negro se proponía capturarlos.

Sería necesario actuar con el mayor cuidado.

10 *El emisario del arzobispo*

EL rey estaba muy interesado en proseguir la conversación con Magrís. Preguntó a sus criados dónde estaba el muchacho. Ninguno de ellos lo sabía. Como eran tan lentos, podía costarles días dar con él. Por ello, Gracián en persona fue en su busca.

Anduvo por pasillos y corredores. Abrió puertas y volvió a cerrarlas. Subió y bajó escaleras y escalinatas. Lo llamó muchas veces en voz alta. Magrís parecía haberse esfumado.

Estaba aún en plena búsqueda cuando oyó las voces de sus criados. Lo llamaban. Fue hacia ellos para facilitar que lo encontraran.

—¡Tenéis otro visitante, señor! Es un monje enviado por el arzobispo... Solicita ser recibido por vos lo antes posible.

Hacía años que al castillo del rey Gracián no llegaban varios visitantes en un solo día. Y menos de aquella clase.

Los que solían pasar por allí de vez en cuando eran simples vagabundos, caminantes, peregrinos, leñadores o mendigos. Pero nunca personajes singulares o importantes.

«Todo esto es muy extraño», se decía el rey mientras iba al encuentro del monje recién llegado. «Tanto, que no me gusta lo que está pasando.»

El monje esperaba en uno de los salones de audiencias, que no se usaban desde hacía muchos años. Cuando vio entrar al rey, hizo una exagerada reverencia y dijo:

—Majestad, el señor arzobispo me envía a vos porque está desesperado.

—¿A qué se debe su desesperación y qué puedo hacer por aliviarla? —quiso saber Gracián, fijándose en la ansiosa mirada de aquel hombre.

—Hace unos días se le escaparon al señor arzobispo sus pájaros amaestrados. ¡Con la paciencia que tuvo hasta que aprendieron ciertas habilidades! Os asombraríais, majestad, si os dijera lo que son capaces de hacer algunos de esos ejemplares.

Gracián contuvo sus emociones. Sin inmutarse, dijo:

—Lamento el disgusto del señor arzobispo, desde luego, y por ello insisto: ¿cómo puedo ayudarlo a encontrar esos pájaros perdidos?

El monje habló sinuosamente:

—Anteayer, uno de vuestros soldados comentó en el puesto fronterizo del norte que le habíais comprado cierta red de hilos de plata a un buhonero que pasó por aquí hace unos días.

El rey continuó impasible, aunque lamentó no haber ordenado a sus hombres que guardaran silencio absoluto acerca de aquel hecho.

—Pues bien, majestad, esa red es la única que puede hacer que el señor arzobispo recupere sus preciosos pajarillos.

Gracián se alegró de tenerla bien guardada. Sospechaba algo turbio de aquel monje. Presentía el engaño en sus palabras.

—Qué fatalidad —exclamó el viejo rey—. No le podré prestar esa red al señor arzobispo.

—¿No? —se extrañó el monje, como si acabara de recibir la peor noticia del mundo—. ¿Por qué razón, señor?

—Tras haberla utilizado unos días, me cansé de ella y la arrojé al fuego. Decidí seguir disfrutando del canto de las aves en libertad, como siempre he hecho.

—¿La arrojasteis al fuego? —repitió el monje, como si no pudiera creer que hubiese ocurrido tal desastre.

—Como lo habéis oído. ¿Acaso obré mal?

—preguntó Gracián con cara inocente—. ¿Tan especial era esa red, fray...?

—Fray Enebro —dijo el monje, pero sonó a falso—. No había otra red igual en el mundo para capturar a ciertos pájaros de una clase... muy especial.

—Vaya, siento haberla destruido. De haber sabido que era única, no la habría arrojado a las llamas. Pero ya no tiene remedio.

—Decidme, majestad —inquirió el monje, con sus codiciosos ojillos de hurón mirando ansiosamente—, ¿cómo pudieron huir los pájaros que habíais apresado con la red de hilos de plata? El primero lo dejasteis escapar vos mismo, así me lo han dicho los soldados, pero ¿y los otros dos?

—Yo tampoco pude comprender cómo ocurrió, pero huyeron.

—¿Notasteis algo especial en ellos?

—No. Eran muy bonitos y alegres, como todos los petirrojos y jilgueros. Pero al verse prisioneros se entristecieron.

Como si jugase con fuego, el hombre se atrevió a preguntar:

—¿Os pareció que decían algunas... palabras, majestad?

—¿Palabras? —Gracián fingió sorprenderse

mucho, aunque aquella última pregunta confirmaba sus sospechas—. Imposible. Ni el señor arzobispo, con toda su paciencia, podría amaestrarlos hasta el punto de hacerlos hablar.

Fray Enebro parecía no saber qué hacer hasta que, de pronto, la expresión de su cara cambió y dijo:

—Es ya muy tarde. Os suplico que me permitáis pasar la noche en el castillo.

A Gracián no le gustó la idea. No quería tener a aquel hombre allí toda la noche. Por ello opuso:

—El castillo es frío y húmedo. No reúne condiciones para acoger visitantes. Mejor estaréis en una cabaña de leñadores o en cualquier otro lugar, os lo aseguro.

—No os preocupéis por mí, señor —respondió el otro enseguida—. El más frío y humilde de los cuartos será bueno para mí. No hace falta que llaméis a vuestros criados. Yo mismo me las arreglaré. No quiero ser una molestia para nadie.

Antes de que Gracián pudiera reaccionar, el monje salió de la estancia y se alejó deprisa por los oscuros corredores.

Magrís reapareció poco después. Había escuchado la conversación. Sigilosamente dijo:

—Con todo respeto, señor rey, insisto en lo

que os he dicho: si queréis volver a ver y oír a los pájaros que os hablaron, tendremos que ir al templo en el que viven.

—¿Tú y yo solos?

—Creedme, señor, es necesario si no queremos asustarlos.

—Nunca me he alejado del castillo sin escolta —dijo Gracián, aunque sabía que era ya muy poca la protección que sus viejos soldados podían ofrecerle—. Lo que me propones es muy arriesgado. Tendré que pensarlo.

—Pensadlo, señor —dijo Magrís—. Pero deberíamos salir después de medianoche.

11 *Cantos de pájaros invisibles*

EL monje que se había presentado como emisario del arzobispo estaba convencido de que Gracián no le había dicho la verdad.

«Seguro que no quemó la red de hilos de plata», se decía, escondido en una de la muchas salas oscuras y vacías. «No puede ser tan insensato. Ha querido engañarme. Tiene la red guardada en algún sitio. Pero él mismo, sin darse cuenta, me dirá dónde la puso.»

Sabía que los soldados y criados no iban a ser obstáculo. Dormirían toda la noche sin preocuparse por vigilar nada.

Enebro pensaba que, después de lo hablado, Gracián sentiría la necesidad de ir a comprobar que la red seguía bien guardada. Y quizá decidiera esconderla en otro lugar aún más seguro.

«Solo tendré que esperar un poco», se decía Enebro. «Lo seguiré sin que me vea y, sin querer, él mismo me descubrirá dónde la tiene. Si eso no ocurre, lo obligaré por las malas a decírmelo. Es un viejo, lo asustaré con facilidad. Y los soldados no se darán cuenta de nada. Cuando mañana despierten, yo estaré lejos de aquí con la red de plata en mi poder. Los pájaros que hablan no tardarán en caer en mis manos.»

Magrís consideraba que Enebro era un peligro. Había que dejarlo atrás.

El muchacho se había acostumbrado a la oscuridad del laberinto de corredores y pasillos. Sacó la flauta-estornino del zurrón. Se la llevó a los labios para hacer salir de ella un sonido igual al canto del pájaro.

Y lo hizo de tal modo que las notas del estornino, como eco de sí mismas, siguieron oyéndose después de que él dejó de tocar la flauta.

A continuación, Magrís cogió la flauta-petirrojo e hizo lo mismo. Y lo repitió otras cinco veces con la flauta-jilguero, la flauta-ruiseñor, la flauta-alondra, la flauta-mirlo y la flauta-calandria.

Cuando las flautas volvieron al zurrón, los cantos continuaban oyéndose en los largos corredores. Daba la plena sensación de que unos

pájaros invisibles volaban y cantaban por pasillos, salas y estancias.

Enebro los oía. Sus pupilas se dilataron en la oscuridad. Notó de pronto sudor en las manos. Se olvidó de la red de hilos de plata.

«¡Están aquí, seguro que son los que busco! El rey Gracián parece ingenuo, pero es astuto. Claro que no sabe que yo lo soy mucho más aún. Cree que ha conseguido engañarme, pero nada está más lejos de la verdad.»

Buscó una bolsa que llevaba oculta bajo su hábito de monje. No abultaba mucho, pero contenía algo precioso.

Más que el oro en polvo.

Más que un puñado de brillantes.

Más que si fuesen monedas de las más antiguas.

Eran semillas de palicardo. Casi imposibles de encontrar. Muy difíciles de reproducir. Joyas vivientes de la tierra.

No había otro manjar en el mundo que les gustara tanto a los pájaros que tenían el don del habla.

No podrían resistirse a ellas. Se las comían aunque no tuvieran hambre. Luego quedaban adormecidos de tal modo que resultaba muy fácil cogerlos, incluso con la mano.

«No me hará falta la red de hilos de plata», se decía el falso monje, sonriendo en la oscuridad. «Ya que están aquí, atraeré directamente a esos fabulosos pájaros con el palicardo.»

Fue adentrándose más y más en el entramado de pasillos y corredores. El sonido de los cantos de los siete pájaros se oía por todas partes.

12 Partir a medianoche, dejando el trono vacío

GRACIÁN no les comunicó a sus soldados ni a sus criados que se iba con el muchacho de las catorce flautas. En el momento de abandonar el castillo, todos dormían.

No los despertó para avisarlos porque Magrís dijo que sería mejor partir en secreto, sin dar explicaciones ni detalles.

Vestido con ropas de mendigo, bajo las que llevaba escondida la red de plata, y envuelto en un raído capote, el rey pasó junto a la garita del centinela que guardaba la entrada del castillo. Pudo oír sus ronquidos. El hombre estaba en su puesto, pero tan dormido como los demás.

Gracián no se daba exacta cuenta de lo que estaba haciendo. Se iba a medianoche del castillo, como un fugitivo, dejando el trono vacío.

De haberse parado a pensar, se habría vuelto atrás. Pero confiaba en Magrís. Sus maneras misteriosas le daban a entender que sabía lo que se hacía. Si existía alguien que pudiera mostrarle dónde estaba el templo de los pájaros, seguramente era aquel muchacho.

«Si conseguimos llegar a ese lugar, disfrutaré de uno de los grandes momentos de mi vida. Será un descubrimiento, una emoción, un privilegio.»

Y, aunque no tenía muchas esperanzas de que se cumplieran, recordaba bien las promesas que le habían hecho los pájaros.

La del estornino:

«Si abres ahora la mano y me dejas ir volando, cuando nos veamos de nuevo ocurrirá algo que te va a maravillar.»

Y la del jilguero:

«Si me dejas escapar, dentro de unos días sabrás algo que nunca olvidarás.»

Y la del petirrojo, oída en sueños:

«Si me abres, serás pronto leyenda.»

El rey Gracián tenía la sensación de estar emprendiendo el viaje más importante de su vida. Pero no sabía cómo iba a terminar.

No iban montados en caballos, sino en dos mulas, para hacer creer, si se encontraban con alguien, que eran dos miserables.

—Nadie ha de adivinar que sois el rey —le

había dicho Magrís—. Si os hacen preguntas, no respondáis, señor. Yo lo haré por vos. Diré que soy vuestro nieto, y que sois mudo.

En el castillo dormían todos, excepto uno. Enebro, el falso monje, estaba despierto... y perdido. Siguiendo los cantos de los pájaros, se había extraviado en el laberinto de los corredores y pasadizos.

Maldecía su suerte:

«Alguien ha mezclado y confundido los cantos de esos siete pájaros. ¡No hay modo de distinguirlos ni de saber dónde están! Crees ir hacia ellos, y te alejas. Te parece que tienes cerca al jilguero, y de repente oyes al estornino. Tan pronto estás seguro de que vas a coger al petirrojo, como es el ruiseñor el que pasa por encima de tu cabeza. Buscas a la derecha, y vas hacia la izquierda. No sabes dónde pisas, y hasta parece que el suelo se mueve bajo tus pies. ¿Dónde están esos pájaros que hablan? ¿Qué es lo que está pasando?»

Estaba totalmente desconcertado. Y se le habían ido cayendo por el suelo, de manera inútil, una buena parte de las valiosísimas semillas de palicardo.

Magrís abría el paso. A pesar de la oscuridad, parecía conocer los senderos del bosque. En ningún momento dudaba acerca del camino que convenía elegir.

El muchacho y la mula que montaba semejaban en la densa penumbra un único animal extraño.

Gracián lo seguía sin recelo. Ir tras la estela nocturna de aquel enigmático muchacho le hacía sentirse tranquilo y amparado.

Cuando llevaban recorrido un buen trecho, el rey creyó oír a su espalda unos ruidos que le hicieron pensar que alguien andaba ocultándose en la negrura del bosque.

—Tanta soledad da miedo —reconoció Gracián con un hilo de voz, el justo para que Magrís le oyera—. Y más si hay ruidos raros.

—En el bosque viven animales de muchos tamaños, señor —respondió el muchacho, también en voz muy baja—. Algunos hacen ruido cuando pasan rozando los matorrales. Perded cuidado: no van a atacarnos.

—¿Y si no se tratase de animales? —preguntó Gracián con temor.

—En estos bosques no hay ladrones ni bandidos, señor. Como por aquí no pasan viajeros ni hay granjas con bienes, se fueron todos hace mucho tiempo.

Aquellas palabras tranquilizaron a Gracián. Y se refugió en la esperanza de que los miserables harapos que vestían, y el hecho de ser un anciano y un muchacho tan joven, les evitarían situaciones difíciles.

«Cualquiera que nos vea comprenderá enseguida que no llevamos nada de valor», se dijo. «Más bien esperará que le pidamos limosna o un mendrugo de pan.»

13 *Desde hace miles de años*

SIGUIERON avanzando, acompañados por los aleteos de las aves nocturnas y los silbidos del viento entre las ramas. Aprovechando que el sendero se ensanchaba, Gracián llevó su mula a la altura de la de Magrís, y, sin levantar apenas la voz, le preguntó:

—¿Qué secreto es el que pueden conocer unos pájaros? Le vengo dando vueltas, pero no me hago a la idea de cuál puede ser.

Sin detenerse, Magrís explicó:

—No sé si sabré explicarlo bien, señor, pero desde hace miles de años, que es más tiempo del que cabe en la cabeza, siete familias de pájaros guardan un secreto muy antiguo que influirá en la vida de muchas personas.

—Y tú, ¿cómo lo sabes?

—Lo vengo oyendo desde niño, señor. Así se anuncia en muchas profecías de las lenguas antiguas. Lo saben los hijos de los bosques. Y otras gentes también, por lo que se está viendo.

Vienen hombres sospechosos que quieren apoderarse de un secreto que les dé fuerza y poder para someter a los demás a su voluntad. Tenemos que desconfiar de todos ellos.

Gracián no dejaba de pensar.

—¿Y por qué crees que, después de tantos años, esos pájaros van a revelar su secreto precisamente ahora?

—Porque la profecía dice que unos días antes del gran momento empezarán a hablar. Y eso es lo que está ocurriendo. Vos mismo, señor, lo habéis comprobado.

Gracián se sobresaltó al oír de pronto una extraña tos que llegaba por el aire como un ave nocturna. Pensó entonces, alarmado:

«He sido imprudente aventurándome de noche por el bosque con este muchacho. Estoy sin protección, a merced de cualquier desconocido que por aquí ande.»

Magrís confirmó los temores del rey. Detuvo su mula y dijo:

—Ahora sí, señor. Alguien está cerca.

Las dos mulas se quedaron quietas, una junto a otra.

—¿Qué vamos a hacer —preguntó Gracián, atemorizado, como si él fuera un muchacho, y Magrís un experimentado hombre de edad.

—Esperar, señor —respondió el muchacho—. Así sabremos quién nos viene siguiendo los pasos.

Una voz sonó entre los árboles:

—No tengo mala voluntad ni le deseo mal a nadie, y si en algo ofendo o molesto, espero ser perdonado.

—¿Quién habla? —preguntó Magrís en voz alta.

Una figura se acercó.

—Mi nombre es Lucio. Soy un penitente —dijo. Se trataba de un hombre flaco que aparentaba unos cincuenta años, aunque seguramente era de menos edad—. Tengo culpas graves en la conciencia. Llevo más de cuatro años caminando casi sin cesar, sin detenerme más de lo necesario. Espero la señal por la que el cielo me concederá el perdón. Ese día será el de mi segundo y verdadero nacimiento. Presiento que ya está cerca.

—¿Cuál es la señal que esperáis? —le preguntó Magrís.

—Si un pájaro me habla, sabré que ya estoy limpio de toda mancha. Dejaré de ser un penitente y volveré por fin a la lejana aldea donde me espera mi mujer, sin saber si estoy vivo o si estoy muerto.

Gracián se compadeció del penitente. Quiso decirle que seguramente sus deseos iban a cumplirse pronto, y que él mismo, sin esperarlo, había oído hablar hacía pocos días a unos pájaros. Pero siguió en silencio para cumplir el papel que el muchacho le tenía asignado.

—Mi abuelo, que es mudo, y yo os deseamos suerte —dijo Magrís, sin demostrar ninguna emoción especial—. Pero os será muy difícil encontrar un pájaro que hable, ya que esos animales no existen.

—Eso mismo pensaba yo —reconoció Lucio— hasta que, en estos dos días, dos personas distintas me han dicho que en estos bosques hay pájaros que hablan con palabras humanas.

—¿Qué personas eran esas? —preguntó enseguida Magrís. Gracián notó inquietud en la voz del muchacho.

—La primera fue una mujer vieja con la que me crucé ayer. Tenía una extraña cualidad: uno de sus ojos era gris, y el otro rojizo. Nunca había visto nada igual.

—¿Y quién más os habló de esos pájaros?

—Una niña muy rara, que iba sola por el bosque, me explicó que había oído una vocecilla sobre su cabeza, entre las ramas, y al mirar arriba se dio cuenta de que era un mirlo quien le hablaba.

—Son cosas que cuesta mucho creer —dijo el muchacho—. No os quiero quitar la ilusión, pero sigo pensando que en el mundo no hay pájaros que hablen.

—Yo necesito encontrarlos. Un fraile me dijo no hace mucho que en la naturaleza hallaría la señal del perdón del cielo. Hasta ahora no sabía en qué iba a consistir. Pero ya lo sé. Y tengo una enorme esperanza.

—Pues que la suerte os acompañe —dijo Magrís, ya despidiéndose—. Mi abuelo y yo continuamos.

—¿Adónde vais? —se interesó el penitente.

—A una lejana alquería donde un pariente enfermo nos aguarda.

—Pues que pronto sane.

—Dios os oiga, buen hombre, y a vos os libre de penas y desgracias.

Las mulas reemprendieron la marcha. El caminante se quedó donde estaba. Se concedía un descanso.

Cubierta una distancia, Gracián le preguntó a Magrís:

—¿Era un penitente de verdad, o nos ha contado una sarta de embustes?

—Vaya usted a saber, señor. Yo, desde luego, no pondría la mano en el fuego por ese hombre, ni por nadie en estos días.

14 *Codiciada red de plata*

Gracián y Magrís continuaron su viaje nocturno a lomos de las mulas sin nuevos encuentros ni percance alguno.

El viejo rey aguantó con entereza. Magrís no le oyó ni una queja. Pero, al llegar la aurora, vio que Gracián estaba rendido de cansancio y a punto de desfallecer.

Las primeras luces del alba mostraron lo pálido y desmejorado que estaba el rey. Una noche casi entera por los bosques había sido mucho para él. Necesitaba tomar alimento y reponer fuerzas.

Al llegar a una abandonada choza de leñadores que estaba en un claro del bosque, Magrís hizo un alto.

Acomodó al rey en el interior de la cabaña, sobre un lecho de hierbas y hojas que preparó para él, y fue en busca de fruta. Volvió pronto con las manos llenas de bayas rojas, moras, arándanos y pequeñas fresas, y se las ofreció a

Gracián para que se nutriera con aquel apetitoso manjar.

Una vez saciado, el viejo rey se adormeció como un niño, con los labios enrojecidos por los jugos de las frutas.

Magrís aprovechó la primera claridad de la mañana para buscar en los troncos de los árboles ciertas marcas que solo él podía interpretar. No se alejó mucho de la cabaña donde estaba Gracián, pero durante un breve rato los árboles se la ocultaron.

Fue entonces cuando una mujer vieja y reseca llegó al lugar como una maldición con forma humana y penetró sigilosamente en la cabaña.

Su rostro enjuto y agrio parecía el de un hombre, pero no lo era. Y sus ojos tenían colores diferentes. El derecho era de tonalidad gris niebla, de nube de mal presagio. El izquierdo tenía un feo color rojizo oscuro, como el de la sangre que se está coagulando.

Gracián la presintió en sueños, pero nada pudo hacer. Su entrada en la cabaña no lo despertó. Al contrario, le hizo caer en un sueño más profundo, del que era imposible salir.

La mujer hurgó bajo los harapos del rey dormido con sus largos y retorcidos dedos. No tardó en encontrar el paquete que contenía la red

de hilos de plata. Moviendo la mano con mucho cuidado, se apoderó de él. Luego, sacó un segundo paquete del interior de sus negras vestiduras. Lo preparó para que abultara exactamente lo mismo que el otro y lo puso en su lugar. Sus desordenados y amarillentos dientes crujieron con satisfacción.

Como una fuerza maligna ahuyentada por la creciente luz del día, la vieja salió de la cabaña seguida por una ráfaga de aire helado. Fuera, una niña la esperaba. Había estado vigilando por si volvía el muchacho. Pronto desaparecieron las dos entre los árboles. La vieja llevaba el paquete de la red de plata.

Cuando Magrís volvió, no quedaba ningún rastro visible de la horrible mujer ni de la extraña niña.

Al despertar, reconfortado por aquel rato de descanso, Gracián no recordó nada de lo ocurrido, ni siquiera a la tétrica anciana que había visto en sueños.

No obstante, de modo instintivo, tocó con la mano el lugar donde había tenido escondida, hasta hacía bien poco, la fabulosa red.

Al palpar el paquete que le había colocado la mujer, se dio por satisfecho. La prueba del tacto no bastaba para darse cuenta del cambio.

Aunque sabía que le pedía un duro esfuerzo, Magrís le dijo al rey:

—Si os sentís recuperado y con mejor ánimo, señor, deberíamos continuar. A partir de ahora tendremos que apresurarnos.

Al oírle hablar, Gracián notó que el muchacho ya no era el de antes. Estaba inquieto y asustado.

El viejo rey se fijó en su cara. Magrís había perdido aquella misteriosa serenidad que le hacía parecer mayor de lo que era. Dos invasores habían ocupado su mirada: el temor y la preocupación asomaban por sus ojos.

A Gracián le seguía doliendo todo el cuerpo, pero lo que veía en el rostro de Magrís le hizo sacar fuerzas de donde no las tenía.

No quiso preguntarle por qué había cambiado la expresión de su cara ni por qué tenían que apresurarse. Se puso de pie con la ayuda del muchacho y prefirió esperar a que él mismo decidiera explicarle las causas de su cambio.

Montaron los dos en las mulas y prosiguieron su viaje con destino al legendario templo de los pájaros.

15 *Quien desobedece al Duque Negro lamenta haber nacido*

MAGRÍS sabía más de lo que le había dicho al rey. Quizá Gracián iba a ser, sin comprenderlo hasta el final, el centro de los hechos, el personaje más importante, la figura clave. Pero no podía decírselo. Todavía no.

Al rey le suponía un penoso esfuerzo mantenerse sobre la mula. Notaba punzadas de dolor por todo el cuerpo. Pero se había hecho el firme propósito de no quejarse mientras pudiera aguantar.

Su entereza tuvo un premio inesperado. Junto a un cruce de senderos vieron una carreta medio oculta entre los arbustos y la maleza. Parecía que la hubiesen dejado allí para volver por ella más tarde. Ni siquiera habían desenganchado los caballos.

El muchacho desmontó y se acercó a la carreta. Estaba vacía, no había en ella más que un montón de mantas viejas.

—Estamos de suerte, señor —dijo Magrís—. Continuaremos en carreta.

El rey agradeció disponer de aquel vehículo. El muchacho dejó las mulas atadas a un árbol y se sentó junto a Gracián en el pescante. Enseguida se pusieron en marcha.

Oculto entre los altos matorrales, un hombre de edad que vestía ropas de leñador había presenciado la escena sin hacer nada por impedir que Magrís y el rey se llevaran la carreta.

Continuó un rato agazapado. Luego se acercó a las mulas, las desató y, montado en una de ellas, se llevó las dos, como si las tomara a cambio del vehículo.

Gracián cogía a veces las riendas para que Magrís pudiera tocar sus flautas con mayor comodidad. El muchacho las hacía sonar, cambiando de una a otra, y después se quedaba escuchando.

Le respondían muchos pájaros desde lo más frondoso y espeso de las copas de los árboles. De las ramas descendía un bellísimo coro de trinos, gorjeos y cantos.

—¿Alguno de los pájaros que oímos puede

ser uno de los que me hablaron? —preguntó Gracián.

—Lo más seguro es que no, señor.

—¿Por qué?

—Porque aquellos estarán reservando todas sus fuerzas para decir su secreto con palabras. Y deben de estar ya todos en el templo de los pájaros.

Hacia el mediodía, Gracián ya no pudo aguantar más en el inseguro pescante.

El continuo traqueteo de la carreta había acabado por hacer que los huesos le dolieran más que antes. Magrís quedó al cargo de las riendas y el rey se acomodó sobre las mantas que había en la parte de atrás. Continuaba notando el movimiento del vehículo, pero estar tendido lo aliviaba. Los ojos le escocían a causa de la larga noche en vela. A pesar de las incomodidades, el cansancio lo rindió y quedó dormido.

Poco después, a la salida de una revuelta del camino, Magrís vio un jinete que interceptaba el paso de la carreta.

Su aspecto era poco tranquilizador. Montaba un gran caballo oscuro. A la grupa llevaba, sujetas con correajes, varias jaulas de hierro y diversas trampas para pájaros. Era el taxidermista que había visitado a Gracián en el castillo.

—Te he oído tocar las flautas —le dijo a Magrís en cuanto tuvo la carreta lo bastante cerca—. Tienes un talento incomparable. Seguro que con tus reclamos serías capaz de atraer a los ejemplares que estoy buscando. Soy Béltor, uno de los hombres de confianza del Duque Negro.

Magrís detuvo la carreta. El disecador se acercó al vehículo. Vio a Gracián dormido. No se dio cuenta de que era el rey. Pero sí se fijó en sus ropas de pordiosero, y preguntó:

—¿Quién es este harapiento con el que vas? Te contagiará la miseria, que es peor que una enfermedad.

—Es mi abuelo, señor —mintió Magrís con aire inocente—. Lo llevo a la alquería donde nació para que pase allí sus últimos días. Las flautas me sirven para entretenerme, nada más.

—Tanta humildad me extraña —dijo Béltor—. Cualquier otro, en tu lugar, exhibiría su habilidad en castillos y palacios. Muchos nobles señores no dudarían en nombrarte su pajarero. Pero si trabajas para mí, al servicio del Duque Negro, conseguirás algo mejor todavía.

—Quiero serviros a vos y al duque, señor.

Será un honor. Llevaré a mi abuelo a la alquería y luego iré al castillo del Duque Negro y preguntaré por vos.

—Nada de eso —denegó, tajante, Béltor—. No puedo esperar tanto. El primer servicio me lo prestarás esta misma noche.

—Con mi abuelo enfermo en la carreta, no podré cumplir tan pronto vuestros deseos, señor —dijo Magrís, rogando por que el rey no despertara, con lo que se descubriría quién era en realidad.

—¡Claro que podrás! —aseguró Béltor, furioso—. Esa vieja piltrafa que llevas no será obstáculo. Seguro que ya está más muerto que vivo. ¡Qué más da lo que le ocurra!

Como no podía hacer otra cosa, Magrís hizo creer al otro que se sometía:

—Tenéis razón, señor. De todos modos, quizá no llegue vivo a destino. Las penalidades del viaje están acabando con él.

—Bien dicho.

—¿Qué deseáis de mí?

—Ya ves que llevo varias jaulas. Esta noche quiero meter a ciertos pájaros en ellas. Tú los atraerás hacia mis trampas, y yo llenaré las jaulas.

Magrís preguntó, como si no supiera nada:

—¿De qué pájaros se trata, señor?

—Esta noche lo sabrás. Ahora sigue por este camino hasta el encinar de los Suspiros. Quiero que estés allí al anochecer. Mientras, yo me ocuparé de cierto asunto que no puede esperar. Si no acudes, no habrá perdón para ti ni lugar donde puedas sentirte seguro.

—Allí estaré, señor. Podréis contar con ello —dijo Magrís en fingido tono de obediencia.

Béltor remachó su dureza:

—Si no cumples tu palabra, lo lamentarás toda la vida. Quien desobedece al Duque Negro, o a sus enviados, lamenta haber nacido. Por el contrario, si me sirves bien, seré muy generoso contigo —aseguró el disecador, aunque no pensaba cumplirlo en lo más mínimo.

—Haré todo lo que me digáis.

—Así lo espero. Y no olvides que la traición se paga con el suplicio o con la muerte.

—No lo olvidaré.

Béltor se alejó cabalgando al trote entre los árboles, acompañado por el lúgubre tintineo de sus jaulas.

16 *Te esperábamos*

A Enebro se le había ido la noche persiguiendo los espejismos de cantos de pájaros que Magrís había sembrado en el aire.

Había desperdiciado en vano una parte de su provisión de semillas de palicardo. Se agachó y recuperó algunas a tientas. Pero desistió enseguida. Aún le quedaba una cantidad suficiente. No quiso perder unas horas preciosas buscándolas. No disponía de aquel tiempo. Al contrario: el poco que tenía se le estaba yendo de las manos.

Se fue del castillo con la primera luz del alba. La mayoría de los soldados y criados aún dormían. Los que estaban ya de pie se sorprendieron al ver salir al monje, pero no le hicieron preguntas ni le impidieron el paso. Aún no se habían dado cuenta de que el rey Gracián y el muchacho no estaban en el castillo.

Enebro, el falso monje, a quien ningún arzobispo había enviado, sino que actuaba por su cuenta, se alejó con furia y decisión, dispuesto a jugar las bazas que aún tenía.

Desde las almenas, uno de los soldados lo vio adentrarse en el bosque. Cuando lo perdió de vista, le dedicó un gran bostezo como despedida.

Libre de miradas, Enebro fue en busca del caballo que había dejado amarrado y escondido antes de su entrada en el castillo al anochecer. Se remangó hasta la cintura el hábito que llevaba como disfraz y montó en el caballo de un salto.

El falso monje se lanzó con su montura a comerse las distancias.

El bosque se los tragó como si ya nunca fuese a devolverlos vivos.

Béltor, el taxidermista, confiaba en poder liberarse pronto del asfixiante yugo de su señor, el despiadado Duque Negro.

Decía actuar en su nombre, pero, al igual que Enebro, solo trabajaba para sí mismo. Esperaba que muy pronto el odiado duque sería demasiado insignificante para él como para seguir a su servicio.

Béltor creía que el milenario mensaje de los

pájaros le iba a dar un poder muy superior al del duque y al de todos los señores de aquellas tierras.

Pero sabía que sus trampas y sus jaulas no bastaban para alcanzar aquel gran objetivo. Y no podía confiar solo en las flautas de Magrís. Necesitaba un aliado más poderoso y decisivo. Alguien que contara con la ayuda de fuerzas oscuras e invencibles.

Tras equivocar varias veces el camino, Béltor llegó al paraje que buscaba. Sabía que desde hacía algún tiempo vivían por allí dos siniestras hermanas, muy viejas, que practicaban la brujería.

Ellas también ansiaban adueñarse del secreto de los pájaros. Béltor pensaba que podría servirse de sus poderes y de su codicia.

Las dos brujas eran gemelas, idénticas. Tenían el ojo izquierdo rojizo y el derecho gris.

Pero esa no era su cualidad más inquietante. Lo peor era que cualquiera de las dos podía tomar la apariencia de una pálida y esmirriada niña de unos ocho o nueve años, capaz de engañar con crueldad a sus víctimas. Sus misteriosos nombres eran Goramara y Márgora.

Vivían en unas cuevas de la parte más alta del bosque, en la ladera de una escarpada montaña que se alzaba, impresionante, disputándoles a las nubes el dominio de la altura.

Béltor sabía que entrar en relación con las dos hechiceras entrañaba peligro. Pero se creía capaz de utilizarlas para sus fines sin que le dañaran, para luego deshacerse de ellas cuando ya no le fuesen necesarias.

Al llegar a la boca de la cueva descabalgó. Era estrecha y de escasa altura. Un hombre como él no podía entrar allí sin agacharse. Dudó un momento. Era una fúnebre covacha, dentro estaba muy oscuro.

Béltor cerró la mano derecha en torno a la empuñadura de su espada. Se agachó y penetró en la gruta. Tuvo la sensación de haber entrado en la guarida de un animal imprevisible.

De pronto, dos voces lúgubres, gélidas, que nada bueno hacían presagiar, sonaron a la vez a su derecha y a su izquierda:

—Te esperábamos.

El taxidermista se sobresaltó. Era una bienvenida cargada de amenazas.

Sus ojos se acostumbraron deprisa a la oscuridad. No tardó en verlas. Allí estaban las dos, a ambos lados, enjutas, resecas, hostiles, desagradables.

Le causaron temor y asco. Las dos brujas permanecían inmóviles, silenciosas, al acecho. Para cobrar valor, Béltor pensó:

«No son más que dos viejas. Con mi espada podría causar un destrozo terrible en sus cuerpos. Si quisiera, sus dos feas cabezas caerían de un solo tajo.»

—Te esperábamos —repitieron ellas al unísono, con más saña que la primera vez.

El disecador se estremeció.

17 En el templo de los pájaros

EL rey Gracián se despertó reconfortado. El cuerpo seguía doliéndole, pero las horas dormidas le devolvieron el buen espíritu. Moviéndose con lentitud y precaución, volvió a situarse junto a Magrís en el pescante.

—¿Cómo os encontráis? —le preguntó el muchacho.

—Con ganas de ver y oír de nuevo a aquellos benditos pájaros que me hablaron.

La carreta avanzaba por una parte muy umbría y densa del bosque. Rara vez llegaban allí jinetes o carruajes. Ya hacía mucho que no se veían chozas de leñadores, huellas de ruedas, restos de hogueras de carboneros en los claros ni ninguna otra señal de la presencia humana.

Ya no había senderos ni caminos. Los árboles, cada vez más juntos, y las desigualdades del terreno hacían muy difícil el avance de la carreta.

Pero lo más impresionante era el silencio. No

se oían cantos, trinos ni gorjeos de ninguna clase, ni batir de alas, ni ningún murmullo, susurro o sonido. Hasta el viento, en absoluta calma, contribuía a aquella quietud tan extraña.

—No podremos seguir con la carreta, señor. Ya no es posible abrirse paso.

El bosque era una maraña de vegetación que se cerraba sobre sí misma creando un mundo aparte.

—¿Estamos muy lejos del templo de los pájaros? —preguntó Gracián mientras bajaba del vehículo con ayuda de Magrís.

—Gracias a la carreta hemos avanzado muy deprisa, señor. Creo que podremos llegar allí antes de que oscurezca —dijo el muchacho, desenganchando a los caballos para darles libertad de movimientos.

El rey y Magrís anduvieron un trecho callados, como dos caminantes hechizados por el silencio del bosque.

La densidad del arbolado iba en aumento. Pronto la vegetación se hizo asfixiante. Les costaba abrirse paso. Las ramas bajas, como brazos de centinelas, se oponían a su paso. Los arbustos y matorrales leñosos los obligaban a dar pequeños rodeos a cada momento. Las zarzas y matas espinosas les arañaban la piel y las vestiduras. Avanzaban con mucha dificultad.

Pero lo que había dicho Magrís se cumplió. Aún iluminaba el aire la luz de media tarde cuando divisaron, a través del espeso follaje, la presencia majestuosa del templo de los pájaros.

El rey Gracián pensó que era el edificio más antiguo que había visto en su vida.

Más antiguo que el más viejo de los palacios y castillos, más remoto que las iglesias y catedrales muchas veces centenarias, anterior al más lejano de los recuerdos que las gentes conservaban.

Un templo de cuando el Tiempo empezaba a mezclarse con los hechos de la vida humana. Su piedra estaba llena de musgo y de líquenes, adorno de los siglos. Las ramas de los árboles más cercanos entraban por sus ventanales como antiguos y perpetuos visitantes.

—¿Cómo podremos llegar al templo sin desgarrarnos la piel y las ropas? —preguntó Gracián al no ver paso alguno a través de la maraña de vegetación salvaje.

—Hay un acceso que alguien abrió hace unos días a hachazos. Hasta entonces, nadie había entrado en el templo en más de mil años.

—¿Quién lo abrió? —se interesó Gracián.

—El Duque Negro, señor.

El anciano rey hizo una mueca de desagrado.

Otra vez aquel personaje ruin y despreciable que había acumulado cruelmente poder y riqueza hasta convertirlo a él en un rey pobre y olvidado.

Encontraron el estrecho camino abierto hacía poco. Algunas de las ramas y hojas tronchadas aún estaban frescas. Aquel pasillo vegetal llevaba en línea casi recta a una de las puertas del templo, que aún no había sido obstruida por la vegetación.

Los dos entraron despacio. El gran bosque se estaba comiendo el templo, día a día, año a año, siglo a siglo, invadiéndolo por todas partes. El antiquísimo y resistente edificio todavía aguantaba, pero las poderosas raíces subterráneas habían roto la uniformidad del suelo, que se ondulaba de manera irregular. También en los gruesos muros se veían largas grietas que anunciaban un gran desmoronamiento en un futuro difícil de precisar.

El interior consistía en una gran nave única. Estaba lleno de plumas, huevos estériles, nidos abandonados, guano y otras muchas señales de haber vivido allí, durante una enormidad de tiempo, un gran número de aves.

Pero no había ni un solo pájaro en todo el ámbito.

Gracián estaba muy sorprendido.

—Pero... ¿no vivían aquí muchísimos ejemplares?

—Así era, señor. Desde hace más tiempo del que es posible recordar.

—¿Y estaban entre ellos los pájaros que me hablaron?

—Seguro que sí, señor. Esos sobre todo.

—¿Por qué se han ido?

—Según se ha oído, el Duque Negro vino aquí para apoderarse de su secreto. Era su gran obsesión en los últimos tiempos. Seguro que lo intentó de muchas maneras. Es fácil adivinar que no consiguió que ninguno le hablara. Por lo que vemos, se puede deducir que entonces, enfurecido, ciego de cólera, para castigarlos y vengarse, y para que nadie pudiera conocer el mensaje, encendió hogueras aquí dentro con el fin de asfixiarlos con la humareda. Pero ellos, aunque aterrorizados, pudieron huir.

Gracián vio los restos carbonizados que había en el suelo. Se apreciaba a simple vista que en la parte central del templo habían ardido varios fuegos.

—Dadme la red de hilos de plata, señor —le pidió Magrís a Gracián—. La tenderé entre dos columnas. Espero que esos pájaros únicos se sentirán atraídos por ella y volverán, porque ya habrán perdido el miedo que les causó el Duque Negro.

El rey le entregó a Magrís la red que llevaba escondida bajo las vestiduras, sin sospechar que no era la red de plata sino la que en su lugar había puesto una de las siniestras hermanas Goramara y Márgora.

Ya empezaba a oscurecer. Magrís la desenvolvió y desplegó sin darse cuenta de la sustitución. A la escasa luz que llegaba al interior del templo, su aspecto era muy parecido al de la que le había entregado al rey el buhonero de Anatolia.

18 *La marca de la lagartija negra*

Para su desgracia, Béltor había medido mal sus fuerzas al suponer que podría dominar sin mucho esfuerzo a las hermanas Goramara y Márgora.

No eran, como había imaginado, dos viejas sarnosas, frágiles, algo locas, oliendo a infierno, fáciles de asustar con unas cuantas amenazas proferidas espada en mano.

Las dos brujas eran mucho más fuertes que él, y más temibles. No iba a poder hacer lo que tenía pensado: utilizar sus artes de hechicería en su provecho y luego arrojarlas al fondo de un profundo pozo del que no pudieran salir jamás.

—Te esperábamos —dijeron ellas por tercera vez, como si pronunciaran una atroz sentencia para el arrogante disecador, que estaba allí de pie, incapaz de moverse y de sospechar lo que le iba a ocurrir.

Goramara se fue transformando en la penumbra y tomó la apariencia de una cadavérica niña de ocho o nueve años, con un ojo gris y otro del color de la sangre.

Aunque Béltor había oído que aquellas abominables mujeres, en determinadas circunstancias, eran capaces de cambiar de aspecto por un tiempo, lo que estaba viendo le causó un prolongado escalofrío.

La horrible niña se le fue acercando. Llevaba en las manos un tarro de vidrio tapado con un corcho chamuscado.

El disecador no vio lo que había dentro del tarro. Era algo que se movía en círculos, como un remolino lento y vivo.

Aquella niña de noventa y cuatro años quitó el tapón de corcho y alzó el frasco con sus largos bracitos esqueléticos para acercarlo a la cara del paralizado taxidermista.

Algo le saltó a Béltor en pleno rostro. Él creyó que la infernal niña lo había arañado dándole una especie de zarpazo rápido.

Pero ella no lo había tocado. Lo que notaba en la mejilla era una lagartija negra que, tras unos momentos de inmovilidad, se puso a correrle por la cara, mientras Goramara y Márgora manifestaban su satisfacción con unos sonidos guturales que parecían gorgoteos de aguas venenosas.

Sin que a Béltor le diera tiempo a arrancársela, la lagartija lo mordió en la nuca y le inoculó una ponzoña de maleficio.

Béltor notó un dolor vivísimo, como si un hierro al rojo le quemara la piel. No pudo contener un alarido.

Antes de deslizarse por su torso y sus piernas hasta el suelo, aquella lagartija, de una clase única que criaban las dos hechiceras, arañó al disecador en la cara y le dejó una marca que ya solo la muerte borraría.

Poco a poco, el dolor fue disminuyendo. Béltor lo agradeció en silencio mientras trataba de ver dónde estaban y qué hacían las dos viejas hechiceras. Tenía los ojos secos y vidriosos.

El infortunado taxidermista ya había empezado a dejar de ser él mismo. Goramara y Mángora tenían ahora un gran poder sobre su persona. Lo habían embrujado de tal modo que, al rato, no desearía nada más que obedecerlas ciegamente.

Béltor iba a olvidar pronto quién era, cómo se llamaba, dónde había nacido y por qué estaba en aquella cueva.

Su pensamiento y su voluntad iban muriendo despacio en un mundo que ya no era como antes.

19 *Murciélagos, escorpiones y culebras*

MAGRÍS puso sus catorce flautas sobre la base de una de las antiquísimas columnas del templo.

Después, con gran concentración, entrecerrando los ojos, se las fue acercando a los labios y tocó como lo había hecho en el castillo para confundir a Enebro. Creó notas de cantos que seguían en el aire hasta mucho después de haber salido de las flautas.

Gracián escuchaba extasiado. Tenía la mirada puesta en los ventanales y puertas del templo. Esperaba ver entrar en cualquier momento a los preciosos pájaros que volvían a su morada debido a la llamada de Magrís.

El muchacho insistió una y otra vez, con todas la flautas, dejando que sus notas se entremezclaran.

Fue en vano. Ni por los ventanales traspasados por las ramas, ni por las puertas asediadas por la vegetación, llegó ninguno de los pájaros.

Más tarde, Gracián tuvo esperanzas al notar que la red se movía, como si varios pajarillos presos en ella estuvieran debatiéndose.

Se acercó enseguida. Confiaba en ver de nuevo al estornino o al petirrojo que le habían hablado con palabras humanas.

Su decepción fue enorme cuando vio que en la red había varios murciélagos, escorpiones y culebras que se retorcían. Gracián dio un paso atrás y exclamó:

—¿Qué es esto? Parece el fruto de una maldición.

Magrís dejó de tocar y fue a ver qué había provocado el disgusto del rey.

El muchacho quedó sobrecogido.

Gracián lo vio por vez primera como un niño asustado, vencido por las circunstancias.

Pero Magrís no estuvo quieto mucho tiempo. Desató la red y la dejó caer al suelo. Los murciélagos, escorpiones y culebras huyeron en desbandada.

Entonces examinó la red con atención.

—Estos hilos no son de plata —dijo con voz fúnebre—, sino de baba de caracol congelada a la luz de la luna. No es la auténtica red, señor. Es una red de hechicería. Ha habido un cambio.

Al oír la palabra hechicería, Gracián recordó:

—Cuando dormí en aquella cabaña presentí en sueños que alguien entraba. No eras tú; volviste después, al poco rato. Pensé que todo había sido un sueño, pero quizá entró alguien de verdad.

—Señor, ¿podéis recordar quién fue? —pidió Magrís, con una ansiedad nueva en la voz.

Forzando su memoria, Gracián dijo:

—Estoy por decir que no era una persona, sino dos. Una entró en la cabaña y la otra esperaba fuera.

—¿Qué dos personas eran, señor? —preguntó Magrís, como si de ello dependieran muchas cosas.

—Ahora las voy viendo. Sí, me vienen al pensamiento. Se trata de una mujer muy vieja y de una niña que va con ella. La que entra es la mujer; la niña se queda fuera.

—¡Fatalidad! —exclamó Magrís—. Son Goramara y Márgora, señor. Dos brujas, hijas de las tinieblas. Entonces, ellas robaron la red.

Magrís sacó un pequeño cuchillo de bosque que llevaba encima y fue cortando los hilos de la red de baba de caracol hasta que la dejó hecha trizas.

Las notas de cantos de pájaros salidos de las

flautas continuaban en el aire. Pero ahora parecían tristes, débiles, ecos de algo que no hubiese existido jamás.

La noche iba ganando en su diario combate con el día. El interior del templo estaba cada vez más oscuro, como el denso bosque que lo rodeaba.

—Algo debe de haber aquí que asusta a los pájaros —dijo Magrís—. Por eso no acuden a la llamada de las flautas. El templo se ha convertido en un lugar maldito.

Gracián se daba cuenta del temor y la preocupación del muchacho. Pero no sabía qué decir para aliviarlo. Él también estaba asustado.

Magrís tomó una de las flautas, que era de hueso de ciervo. Se la llevó a los labios como un centinela que tuviera que dar la alarma por una causa grave.

De la flauta salió una nota dolorosa, desgarrada, que conmovía.

No se parecía al canto de ninguna ave. Era una petición de ayuda, un grito de emergencia, una herida sonora en el silencio del bosque.

Lucio, el penitente, se había detenido al atardecer junto a una torrentera. Quería sumergir sus pies doloridos y cansados en el agua. Su caricia veloz y espumeante lo aliviaba un poco.

Disfrutaba de aquellos instantes de paz y bienestar con los ojos cerrados. Era uno de los momentos en que conseguía olvidar la culpa por la que se había convertido en un penitente que recorría bosques y caminos.

La señal enviada por Magrís con una de sus flautas llegó hasta allí y se mezcló con el brioso murmullo del torrente.

Lucio la oyó sin comprender de dónde venía ni qué significaba. Pero se le quedó dentro. La siguió oyendo mucho después, como si le llamara desde muy lejos, desde un lugar que no sabía dónde estaba.

El hombre vestido de leñador también captó la petición de ayuda de Magrís. Era una de las señales que habían convenido para casos de necesidad. Aquel sonido podía recorrer grandes distancias antes de desvanecerse.

El hombre, angustiado, apresuró la marcha de las mulas. Temía por el muchacho. Casi temblaba pensando que pudiera ocurrirle algo a una persona de tan nobles cualidades como Magrís, que no había dudado en asumir sacri-

ficios, riesgos y penalidades para que el milenario mensaje de los pájaros llegara a alguien
limpio de corazón y desprovisto de codicia y
de maldad.

El leñador iba hacia el templo legendario. La
voz de la flauta de ciervo le seguía llegando
como una corriente de sonido que estremecía el
aire.

20 *El habitante de la cripta*

Magrís y Gracián oyeron ruidos en el exterior del templo. Unos pies hacían crujir la hojarasca. Unos brazos apartaban con cuidado ramas y zarzas. Alguien se acercaba.

Los dos decidieron esconderse en los subterráneos del templo. Bajaron por los enormes y húmedos peldaños con suma precaución. Allí la oscuridad se convertía en espesa tiniebla.

Pero la cripta no era un refugio seguro. Ningún lugar del bosque lo era aquella noche. Y aquel, tal vez menos que ninguno.

Alguien se encontraba allí, en la negrura. Estaba muy quieto y silencioso, tan unido a las sombras que era sombra. Y no tenía prisa. Esperaba sin notar el paso del tiempo.

Enebro, el falso monje, avanzó por el angosto túnel que el Duque Negro había abierto a hachazos días antes. Al percibir que en la gran nave del templo no había nadie, respiró hondamente y pensó:

«He sido el primero en vencer todos los obstáculos y llegar aquí en el momento idóneo.»

Dejó flotar su pensamiento en el imponente silencio del lugar. Pensó que era la gran calma que anunciaba la revelación final.

Con la mano temblorosa a causa de la emoción, fue dejando caer las semillas de palicardo que le quedaban.

Luego preparó unas pequeñas redes en forma de bolsa en las que pensaba introducir y llevarse cautivos a los pájaros prodigiosos en cuanto cayeran adormecidos a causa del palicardo y él los encontrara a tientas en la oscuridad.

Tenía la certeza de que sus presas no tardarían en ser atraídas por las fabulosas semillas.

Y así fue. Pero no eran las que él esperaba.

Siete negros grajos entraron en el templo. Venían de lo más espeso de los bosques. El palicardo también era para ellos un manjar incomparable.

Enebro los oyó llegar y contuvo la respiración para escucharlos. Estuvieron picoteando hasta que no quedó ni una semilla.

No podía verlos, ya todo era negrura. La noche comenzaba. Pero podía imaginarlos. Pájaros únicos, legendarios, con bonitos plumajes.

Esperó a que el palicardo los adormeciera.

No tardó en ocurrir. Los grajos, más negros que la noche, se durmieron.

Enebro presintió sus cuerpos caídos. Tanteando con las manos, los fue hallando. Los introdujo en las mezquinas bolsas que había preparado.

Creía tener en su poder a los portadores del secreto que iba a revelarse. Pero solo tenía vulgares grajos dormidos. Y un bosque silencioso como un camposanto alrededor, y un templo antiquísimo que llevaba en pie miles de años.

Lleno de euforia, se fue de allí en busca de un lugar más oculto y seguro en el que oír el mensaje sin que nadie más pudiera escucharlo.

Eɴ el aspecto de Béltor se habían producido algunos cambios.

Parecía que otros ojos acecharan tras los suyos. En sus iris, diminutas lagartijas negras se mordían la cola unas a otras con ferocidad.

Su rostro tenía ahora una extraña rigidez, y su expresión era fría y deshumanizada. Una cicatriz lo marcaba.

A medida que fue oscureciendo, descubrió que había adquirido un nuevo poder: veía en la oscuridad igual que una alimaña nocturna.

Gracias a ello, vio por delante a un hombre que iba montado en una mula que avanzaba tan deprisa como podía. Se dirigía al templo de los pájaros.

Manejó el bocado para que el caballo cambiara al trote. Después lo hizo proseguir a un paso moderado. Aquel hombre podía ser un enemigo. Era preciso comprobarlo.

Cuando el leñador oyó que un jinete se le

acercaba por la espalda, se giró y detuvo la mula.

Aunque la luz de la luna llegaba debilitada por la neblina, Béltor le inspiró desde el primer momento una gran desconfianza.

Había visto en su vida a otros embrujados. El rostro de Béltor se los recordó. Se propuso ponerlo a prueba para ver si estaba hechizado. Adoptó un aire de hombre humilde y rústico, y cuando lo tuvo a su lado le dijo:

—Muy pocas veces se ven caballeros por estos bosques. A decir verdad, casi nunca. Encontrar alguno es toda una sorpresa. Si os puedo ser útil para ayudaros a encontrar la mejor ruta que os lleve a vuestro destino, contad conmigo, señor.

Béltor no respondió. La palabra destino le había causado una sensación desagradable.

El leñador se dispuso a entrar a fondo. Ante el extraño silencio del otro, continuó diciendo:

—Hace tiempo oí unas palabras que no he podido olvidar. Pero no sé qué significan. A los pocos que se cruzan en mi camino se las repito, por si alguien puede explicarme qué quieren decir.

Béltor siguió callado. Pensar le suponía un esfuerzo doloroso. El leñador le despertaba dudas. Presentía un peligro en su persona.

—Prestad atención, os lo ruego, noble caballero. Las palabras son: *sturiebeb amaro e ardua vermis.*

El disecador notó que le llegaban muy adentro, como si, a pesar de no haberlas oído nunca, las reconociera. Sin darse cuenta, repuso lentamente:

—*Minertor tercearis aus amfibi turmator hainerar.*

El leñador cambió de actitud y con grave voz afirmó:

—Te compadezco, desdichado. Llevas contigo el peor mal. Maldito estás y maldito estará quien contigo vaya. He envenenado mi voz con una frase del lenguaje de la más negra hechicería y tú me has comprendido y has dado respuesta en el mismo idioma detestable. Eso prueba tu horrible estado. Apártate de mí y sigue tu camino.

El leñador trazó un signo en el aire para protegerse.

Béltor había sufrido una gran conmoción. No pudo decir nada más. Era como si el otro lo hubiese puesto delante de un espejo que le hacía sentir horror y repugnancia de sí mismo.

Tenía grandes deseos de aniquilar al hombre que le había descubierto su condición atroz, pero notaba que le faltaba fuerza para hacerlo. Bajo sus humildes ropas, y a pesar de ser viejo, el leñador era más poderoso que él.

Tiró de las riendas del caballo con tal brusquedad que el animal dejó escapar un relincho de dolor, y luego lo lanzó a una desenfrenada carrera por aquella oscuridad en la que seguía viendo casi como en pleno día.

El leñador agradeció haber quedado libre de la presencia del embrujado y prosiguió su apresurado viaje al templo de los pájaros.

La brisa nocturna hizo temblar tres veces las hojas en las ramas de los árboles.

22 *Una tumba inmensa y fría*

MOVIÉNDOSE a ciegas en la abrumadora oscuridad, Gracián y Magrís habían ido acercándose sin saberlo al pavoroso habitante de la cripta del templo de los pájaros.

Fue el rey quien, sin esperarlo, se encontró con su fría mano de sepultura.

Allí estaba, sin vida, en una de las gradas excavadas en la roca, el hombre infame que había encendido hogueras en el templo para abrasar y asfixiar a los pájaros que se negaban a revelarle el antiguo secreto.

Y lo había pagado con su vida. La humareda lo aturdió, haciéndole perder la capacidad de orientación.

Los pájaros a los que quería exterminar pudieron huir, pero él no. Ofuscado por el pánico, se refugió en las profundidades de la cripta. Ese fue su gran error. El humo espeso y caliente le abrasó los pulmones antes de que pudiera reaccionar.

Gracián apartó su mano de aquella mano muerta y le dijo a Magrís:

—Hay uno aquí que ya no ve, ni oye ni siente.

A pesar del frío que hacía en la cripta, cuando Magrís se acercó a donde estaba el rey, percibió un acre olor a tumba.

—Creo que ya sé de quién se trata —dijo Gracián—. Por el anillo que tiene puesto la mano que he tocado, puedo decir que es el Duque Negro. He reconocido al tacto el relieve del escudo que lo adorna.

—Eso explica muchas cosas —dijo Magrís—. Ya no hay motivo para seguir aquí. Los pájaros no volverán mientras continúe en el templo, aunque esté muerto, quien los quiso matar.

Magrís subió los descomunales peldaños. Estuvo un rato escudriñando la oscuridad del templo, con el oído muy atento, hasta que se convenció de que no había nadie allí.

Estaba en lo cierto. Enebro ya se había ido con los grajos adormecidos.

Volvió a la cripta en busca de Gracián.

—El templo está solitario, señor. Quizá no vino nadie, y era solo un animal el que rondaba.

Subieron los dos, tanteando, para alejarse de la macabra compañía del Duque Negro.

Gracián estaba muy triste. Se había hecho a la idea de que aquellos pájaros únicos volverían a hablarle. Pero ya empezaba a dudarlo porque el lugar de la gran cita, el templo de los pájaros, había perdido su condición sagrada.

El rey se sentía un poco más viejo. Cada paso que daba le costaba un esfuerzo mayor que antes.

En su inmunda cueva, Goramara y Márgora esperaban a que Béltor regresara con los pájaros de la profecía.

Le habían entregado la red de hilos de plata arrebatada a Gracián. Con ella podría apresarlos en el templo.

Así, las dos brujas confiaban en apoderarse de los preciosos animales sin salir de su guarida ni correr el menor peligro.

Goramara inició un brindis con un nauseabundo y humeante brebaje que ellas elaboraban para las grandes ocasiones. Les sabía como el más embriagador de los licores.

—El secreto de los pájaros nos dará todo el poder. Con el que tenemos ahora no nos basta. Seremos capaces de volar.

Márgora continuó:

—Y de envenenar el aire y las aguas.

Y su tétrica hermana prosiguió:

—Y de oscurecer la luz del día para asustar a los que no nos reconozcan como reinas absolutas.

Y agregó la otra:

—Y de provocar heladas y sequías para que nadie se nos resista.

Y añadió Goramara:

—Y de hechizar a emperadores, reyes, príncipes, cardenales, obispos y al mismo Papa.

Y profetizó Márgora:

—El Duque Negro, el rey Gracián, el arzobispo y todos los barones serán nuestros vasallos y nos pedirán clemencia.

—Y nos obedecerán en todo —vaticinó Goramara—, incluso si les ordenamos que se arrojen por un precipicio del que jamás puedan salir vivos.

—Reinaremos de levante a poniente.

—Sin que nadie pueda oponérsenos.

—Porque tendremos un poder que viene del origen de los tiempos.

Las dos sórdidas hechiceras brindaron de nuevo con la apestosa pócima. Estaban ebriamente seguras de su victoria. Pensaban que el mundo entero, sin límites, sería el campo de acción de sus hechicerías.

23 *Delirios, furia, soledad*

ENEBRO notó que los grajos empezaban a moverse en las bolsas de malla donde los llevaba.

—Eso quiere decir que ya despertáis del dulce sueño del palicardo —les dijo como si pudieran comprender sus palabras—. Y vais a decirme lo que llevo tanto tiempo esperando.

Aunque no faltaba mucho para el alba, la oscuridad era aún completa. La luz de la luna se perdía entre las brumas.

Enebro se detuvo en un frondoso altozano que se abría al cielo nublado por entre las grandes copas de los árboles.

—La hora se acerca, lo presiento —siguió diciendo Enebro a media voz hablando consigo mismo y con los grajos—. El gran momento está a punto de llegar.

Los grajos iban abriendo los ojos, pero estaban muy atemorizados y aturdidos. Apenas se movían.

—¿En qué consistirá vuestro mensaje? ¿Será

la fórmula de la inmortalidad? Si es así —se relamió Enebro—, veré pasar los años y los siglos con despreocupada indiferencia. Todos irán muriendo a mi alrededor y yo me mantendré siempre lozano y portentoso.

El fraile impostor calló para escuchar si las aves se lo confirmaban. Pero no dijeron nada. Enebro prosiguió su soliloquio:

—¿O será el secreto de los dioses, y así me convertiré en uno de ellos? Sí, de eso debe de tratarse. Ya no soporto seguir aquí siendo un humano como los otros. Mi lugar está allá arriba, entre los dioses, en la eternidad.

Enebro aprestó el oído por si los pájaros se lo confirmaban. Pero siguieron en silencio. Él no se daba cuenta, pero el prolongado contacto con las semillas de palicardo había acabado por afectar a su imaginación y le hacía tener ideas delirantes.

—¿O me haréis saber que el universo es mío, con todo lo que hay en él: estrellas, planetas, distancias, cometas, abismos, inmensidades...? Sí, eso será. El mundo necesita un señor supremo que tome posesión de todo lo que existe.

Uno de los grajos se movió inquieto dentro de la bolsa en la que estaba prisionero. Enebro pensó que era la señal de que él estaba en lo cierto.

—¿Es eso entonces? No estoy equivocado, ¿verdad, queridos pájaros? ¿Voy a ser dueño y señor de todo hasta el fin de los tiempos?

Una vez más, los atemorizados grajos guardaron silencio.

Enebro quiso entender aquel silencio como señal de asentimiento.

—¡Lo sabía! Aunque nací de madre, como todos los demás, mi destino no podía ser la vejez y la sepultura, sino vivir siempre y poseer el mundo entero.

Las palabras del viejo leñador en aquella lengua maldita y extraña le habían abierto los ojos a Béltor.

No se sentía liberado por entero del fatídico hechizo, pero ahora se daba cuenta de que Goramara y Márgora le habían hecho algo espantoso.

Lo estaba descubriendo muy pronto, demasiado para los planes de las dos hermanas. El maleficio estaba truncado de raíz.

El disecador ya no se dirigía al templo ni buscaba pájaros capaces de hablar. Solo lo movía un deseo: tener otra vez ante sí a las dos brujas que lo habían hecho víctima del hechizo.

Goramara y Márgora aún no lo sabían, pero Béltor se había convertido en su mayor enemigo y en el peligro más directo que las amenazaba.

Al despuntar el día, el último de los soldados del rey Gracián abandonó el castillo para siempre.

La tarde anterior se habían ido todos los servidores y criados y los otros soldados.

Habían aguantado hasta entonces en el castillo por miedo a que ningún otro señor los aceptara a causa de su edad. Pero todos ansiaban irse, llevaban años deseando hacerlo.

Cuando descubrieron que Gracián se había marchado de noche y sin decir nada, les pareció tan extraño que creyeron que ya nunca volvería.

Consideraron que aún podían ir a probar suerte en otros lugares. Además, la situación los obligaba. Tal vez era la última oportunidad de que dispondrían.

No necesitaron pensarlo mucho, apenas unas horas. Se animaron los unos a los otros. Al irse se llevaron utensilios y enseres, así como los pocos animales que aún quedaban en las cuadras y establos. Fue su modo de cobrarse lo que el rey les adeudaba.

Así, casi cuatrocientos años después de su construcción, el castillo del rey Gracián, por primera vez, quedó completamente abandonado y solitario.

24 *Sonido de lluvia en los bosques*

Gracián y Magrís se marcharon del templo con la oscuridad pegada a sus ropas. Los búhos, las lechuzas y otras silenciosas criaturas de la noche los vieron partir como si llevaran el peso de una triste derrota.

Se resignaron a avanzar a tientas, muy despacio, con la débil ayuda de una luna cuya luz apenas entraba en la espesura del bosque. Todo antes que pasar la noche cerca de aquel cuerpo que volvía lentamente a la nada en las frías catacumbas.

Con las primeras luces del día, llegaron al lugar donde habían dejado la carreta.

Los huesos de Gracián lo agradecieron. Se tendió sobre las mantas como si se acostara en el lecho más acogedor del mundo.

Magrís emitió unos silbidos con una de las flautas y al poco se presentaron los caballos. Los enganchó con presteza y emprendieron la marcha deshaciendo el camino recorrido el día anterior.

El viejo rey insistió en instalarse en el pescante junto al muchacho. Aguantó un breve trecho, hasta que su cuerpo dolorido le obligó a volver a las mantas. Conservaban algo de la humedad nocturna, pero le hacían más llevadero el viaje.

Estaba a punto de adormecerse cuando, al mover un poco el montón de mantas para acomodarse mejor, tocó con la mano un objeto que hasta entonces había permanecido oculto.

Lo cogió y lo sostuvo a la altura de sus ojos.

Aunque al principio no logró reconocerlo, estaba seguro de haberlo visto antes.

Magrís seguía conduciendo la carreta sin darse cuenta de nada. Ni siquiera sabía que aquel objeto estaba en el vehículo.

Gracián recordó al fin. Era una de las piezas que le había mostrado el buhonero de Anatolia, uno de aquellos extraordinarios sonajeros que al moverlos imitaban el sonido de la lluvia cayendo mansamente en los bosques.

Entonces comprendió. Aquella era la carreta del buhonero que le había entregado la red de plata. Le habían quitado el armazón de varas de hierro y las lonas, por eso no la había reconocido. Y retiraron también todos los objetos que llevaba, pero uno de los sonajeros había quedado oculto entre las mantas y las tablas.

El buhonero de Anatolia le había pedido que diera protección a cierto muchacho vagabundo, hijo de los bosques, llamado Magrís...

Gracián se sentó. El buhonero, o lo que fuera en realidad, lo había engañado. Y, lo que le dolía aún más, Magrís también. Los dos habían actuado de acuerdo. Tenían algún misterioso proyecto y lo habían mezclado a él sin explicarle la verdad.

Gracián se sentía triste y decepcionado.

Se había lanzado a una arriesgada y fatigosa aventura en la que no era más que un comparsa que ni siquiera comprendía el porqué de aquellos silencios, de aquel engaño, ni lo que ellos se traían entre manos.

Gracián deseó estar otra vez en el castillo. Ahora le parecía el más seguro y acogedor de los lugares.

Pensó en hacerle un montón de preguntas a Magrís, pero al fin no le hizo ninguna.

Ya no confiaba en él. Y menos aún en el hombre que había dicho ser un buhonero. No confiaba en nadie.

En aquellos momentos, Magrís detuvo la carreta. Acababa de ver cierta señal en uno de los troncos. Significaba que el leñador estaba cerca.

Le dijo a Gracián que descansara y sin dar más explicaciones se adentró en la espesura.

El rey no puso ningún reparo. Pero sospechaba la causa de la parada. Iba al encuentro de aquel hombre con el que tenía la misteriosa alianza.

Aquello lo entristeció y enojó aún más. Se sentó en el pescante y cogió las riendas con firmeza.

Gracián no se equivocaba. Magrís había ido en busca de su maestro, el sabio y venerable matemático, astrónomo, filósofo y mago Ayael de Anatolia.

Era el hombre que vestía ropajes de leñador, y también el que había llegado al castillo de Gracián adoptando la personalidad de un buhonero.

Magrís le refirió todas las complicaciones y penalidades con que se habían encontrado, en especial la pérdida de la red de hilos de plata y la nefasta presencia del cadáver del Duque Negro en el templo de los pájaros.

Ayael se quedó cabizbajo y estuvo unos momentos reflexionando. Después dijo:

—Demasiadas contrariedades. Quizá todo ello significa que la esperanza que nos trajo a estas tierras era infundada. Quién sabe si nos hemos empeñado en algo imposible. Nada ha ido bien. Me obsesioné en buscar al Duque Negro, que era el más peligroso de nuestros contrincantes, y no estuve lo bastante cerca de ti y del rey. Sólo te dejaba mensajes en los troncos.

—Gracián está muy triste y decepcionado, ya no puede más. El viaje lo ha dejado sin fuerzas.

—Le descubriremos una parte de la verdad. Eso le dará ánimos.

—¿Lo haréis vos mismo?

—Sí, pero ve primero tú y prepáralo un poco. Dile que el buhonero que le entregó la red de plata desea verle por segunda vez.

25 *Juntos en la retirada*

Cuando Magrís volvió al lugar donde había dejado al viejo rey, la carreta ya no estaba allí.

Gracián se la había llevado, muy despacio al principio para no ser oído, y deprisa después para que Magrís no lo alcanzara.

Un triste rocío le velaba la vista al rey. Silenciosas lágrimas le bañaban los ojos y empañaban las formas y los contornos de las cosas.

Pero el bosque ya no era tan espeso y los caballos encontraban paso fácil entre los árboles sin necesidad de que Gracián los condujera.

Como tenía nublada la visión, le costó divisar a un caminante que venía en sentido contrario.

Tras unos momentos de duda, reconoció a aquel hombre de aspecto abatido. Era el penitente con el que se habían encontrado el día anterior.

—Soy el rey Gracián —le comunicó a Lucio. Ya no veía motivo para seguir representando el papel de anciano sin nombre que le había adjudicado Magrís—. Me dirijo a mi castillo. Si conduces la carreta hasta allí, te recompensaré del mejor modo que pueda. A mí me duelen mucho los brazos.

Al oír que se encontraba ante el rey de aquellas tierras, Lucio se dejó caer de rodillas y se prosternó hasta casi besar el musgo que cubría la tierra.

—Levántate. Nunca me gustó que se humillaran ante mí —le dijo Gracián—. Quiero ver el rostro de las gentes, no sus coronillas.

Lucio se puso de pie y adquirió algo de confianza.

—Dime, ¿has tenido suerte? —le preguntó el rey.

—A decir verdad, señor, no he encontrado ningún pájaro con voz. Uno de ellos tenía que darme la prueba del perdón del cielo. Pero estoy empezando a desesperar.

—Por lo que veo en tus ojos, creo que no mientes —le dijo Gracián—. La primera vez que nos encontramos sospeché de ti, pero ahora quizá seas la única persona en quien todavía puedo confiar.

—Si me lo ordenáis, llevaré la carreta para vos.

—No lo ordeno, lo pido como favor.

—Favor es el que a mí me hacéis. Nunca pensé que podría servir a un rey —dijo Lucio, ocupando su lugar en el pescante. Cuando se pusieron en movimiento, Gracián se giró. No vio ni rastro de Magrís ni del hombre mayor.

El muchacho y su maestro tenían una única mula, ya muy escasa de fuerzas, a su disposición. No podrían dar alcance a la carreta.

Ya avanzada la tarde, Lucio y Gracián avistaron el castillo. Al viejo rey le extrañó no ver ni un solo centinela en las almenas. Supuso que en su breve ausencia se habían descuidado aún más que de costumbre. Pero cuando tampoco vio a nadie al cuidado de la puerta de entrada empezó a preocuparse de verdad.

Al paso ruidoso de la carreta por el puente levadizo ninguna cabeza se asomó.

El patio de carruajes estaba desierto y solitario, como la sala de la guardia, las cocinas, los almacenes, las cuadras y el castillo entero.

Gracián quedó anonadado y sin habla. La deserción masiva de los pocos servidores y soldados que le quedaban lo sumió en una desolación total.

Al verlo tan hundido, Lucio olvidó sus propios pesares y se apiadó del rey.

—No soy más que un ignorante campesino y un penitente, pero me ofrezco a serviros en lo que pueda hasta que vuestros criados vuelvan o encontréis otros que ocupen su lugar.

Gracián estaba tan abatido que no fue capaz de responder.

Lucio puso enseguida manos a la obra. La posibilidad de ser útil lo estimulaba.

Se las compuso para encender algunas teas y candiles antes de que se fuera la última luz de la tarde. Acomodó al viejo rey en el gran comedor y fue a ver qué quedaba en las despensas para improvisar una pequeña cena que les permitiera reponer fuerzas, pues estaban muertos de hambre.

Los dos se encontraban completamente solos en la inmensidad del castillo.

Un castillo sin defensores ni vigías. Abierto a todo aquel que llegara al amparo de la noche. Un lugar donde todo era posible.

Durante toda aquella jornada se habían producido otros hechos en los bosques.

El fraile impostor Enebro descubrió al alba que los pájaros que había capturado en el templo eran unos vulgares grajos. Todas sus ambiciones quedaban desbaratadas.

Fueron tales su decepción y su cólera que, en un primer arrebato, estuvo a punto de ensañarse con los indefensos animales. Pero no llegó a hacerlo. Sabía que de aquel modo no resolvería nada.

Abrió las bolsas donde los tenía prisioneros y los dejó ir lanzándoles algunas imprecaciones malhumoradas. Los grajos huyeron despavoridos.

Enebro no se resignaba a la derrota. Después de darle muchas vueltas, concibió una última esperanza.

«No todo está perdido», se dijo, tratando de convencerse a sí mismo. «Si recupero los granos de palicardo que esparcí en vano en el castillo del rey, volveré a tener posibilidades.»

Aquella idea le bastó para ponerse nuevamente en marcha. El castillo quedaba lejos, pero si el caballo daba de sí como él esperaba, hacia medianoche podía avistar las murallas.

«Aún no he dicho mi última palabra», pensaba Enebro renaciendo del fracaso.

Cuando más confiadas estaban Goramara y Márgora en que todo transcurría como tenían previsto, vieron algo que las llenó de un frío seco y doloroso que las hizo estremecerse.

La lagartija negra que había inoculado la ponzoña de maleficio al taxidermista Béltor estaba muerta en uno de los recodos del muro de roca de la cueva.

Ellas sabían bien lo que aquello significaba. El hechizo con el que habían sometido y esclavizado al taxidermista se había roto. Ya no iba a obedecer ciegamente sus órdenes.

Las dos viejas hermanas se miraron como alimañas acosadas.

—¡*Regnia aus colerus!* —bramó Goramara—. ¡En mala hora le confiamos la red de hilos de pata!

—*¡Nunc duram abrageor!* —rugió Márgora—. ¡La hemos perdido a cambio de nada!

Entonces las dos se fijaron en la cola de la lagartija muerta. Rígida, señalaba a poniente.

—¿Qué hay en aquella dirección? —preguntó Goramara.

—Bosques y más bosques —dijo Márgora.

—¿Y qué más?

—Ah, el castillo del rey Gracián, que es el más pobre de todos los reyes del mundo.

—Pues allá tenemos que ir. Es lo único que nos pudo decir la lagartija antes de morirse. Por algo sería —aseguró Goramara.

—Sí, tienes razón. Y lo vamos a descubrir —añadió con saña Márgora.

Cuando Béltor llegó a la cueva donde moraban Goramara y Márgora, las dos brujas ya habían partido con destino al castillo de Gracián.

El disecador llegaba con las peores intenciones. No dejaba de tocarse el profundo desgarrón que le había hecho la lagartija negra en la mejilla y, sobre todo, la herida de la nuca por la que le había inoculado la ponzoña.

Pero si había algo fácil para Béltor, y más con su don de ver en la oscuridad, era seguir un rastro a través del bosque.

Ya solo le importaba una cosa en el mundo: dar alcance a las dos sórdidas hechiceras, obligarlas a deshacer del todo el maleficio al que lo habían sometido, si ello era posible, y luego acabar con ellas como si arrancara unos hierbajos venenosos.

Béltor llevaba encima, oculta, sujeta al cuerpo con unas correas, la red de hilos de plata. Sabía que era algo muy importante para las dos hermanas.

«Aunque sea una trampa para pájaros», pensó al iniciar la persecución, «me servirá para atraer a esas dos hijas del infierno. Su deseo de recuperarla hará que caigan en mis manos».

27 Habrá una noche en el tiempo...

QUIENES primero llegaron al castillo después del rey y de Lucio fueron Goramara y Márgora.

Cuando contemplaron la silueta lunar de las murallas hicieron chasquear sus agrietadas lenguas con satisfacción.

Observaron un rato las solitarias almenas y los puestos de centinela de la entrada. La total ausencia de soldados les dio mayor osadía y coraje.

Entraron sin hacer ningún ruido. A primera vista, parecían una mísera mendiga y una niña que la acompañaba para ayudarla a caminar y a pedir limosna. Pero se trataba de una horrible niña vieja que respiraba con unos resecos pulmones que tenían casi cien años.

El laberinto de los pasillos fue para ellas como un regalo de la noche. Les permitía ocultarse, ir de un lado a otro sin peligro de ser vistas por Lucio o por el rey.

No tardaron en notar bajo los pies algunas

de las semillas de palicardo que el falso monje Enebro había diseminado por el suelo.

Intercambiaron cuchicheos con gran excitación. Se daban perfecta cuenta de la importancia de aquel hallazgo. Podía ser algo que sustituyera con ventaja a la red de plata.

Agachándose, de rodillas, se apresuraron en recoger uno a uno los granos de palicardo. Como veían en la oscuridad, en poco tiempo los reunieron todos.

Silenciosas como malos pensamientos, se deslizaron por pasillos y escalinatas y salieron a uno de los patios, precisamente a aquel donde había estado durante unos días la jaula de oro comprada por Gracián.

Esparcieron las semillas entre los escasos y descuidados árboles como si sembraran la tierra con sus negros sueños y delirios.

Para mejor abonar sus deseos, Goramara y Márgora murmuraban viejas fórmulas en el arcaico lenguaje de la brujería:

—*Deletare virto asfumerar.*

—*Orei sephora austibi.*

—*Horror vires aus termiri.*

—*Facies hieri turmator.*

A Béltor le había faltado muy poco para dar alcance a las dos hermanas antes de que llegaran al castillo.

Pero no lo lamentó. Al contrario, pensó que allí dentro las tendría a su merced, como si ellas hubiesen entrado sin saberlo en una trampa de la que no podrían escapar.

Béltor ni siquiera se dio cuenta de la ausencia de soldados en el castillo. Para él solo existían las dos viejas mujeres a las que perseguía.

Pasó por el puente levadizo como un espectro que acudiera a una tenebrosa cita. Atravesó el patio de carruajes y el de armas, y llegó al que el rey veía desde sus aposentos. La soledad del lugar favorecía sus propósitos.

Allí, entre dos árboles, tendió la red de plata. Luego sonrió con ferocidad. Era el cebo perfecto. No podía fallar.

Magrís y Ayael, su maestro, llegaron al castillo en plena noche caminando junto a la renqueante mula que ya no era capaz de llevar a ninguno de los dos.

Se sorprendieron al ver que no había soldados en ninguna parte.

—Fijaos, maestro. Parece un edificio muerto. Es como si no hubiese nadie.

—El rey Gracián sí ha de estar dentro. ¿A qué otro lugar puede haber ido?

—¿Y los soldados de la guardia?

—A saber. Quizá salieron en su busca y no han regresado. Entraremos y trataremos de hacerle comprender al rey el porqué de todo lo ocurrido.

En el patio de carruajes estaba la carreta que tan bien conocían. Su presencia despejó sus últimas dudas.

Todo estaba a oscuras menos una ventana que enviaba parpadeos de luz a la noche. Ayael y Magrís fueron allí y atisbaron con cautela.

El rey y Lucio dormitaban entre dos desmayadas antorchas. Habían calmado el hambre con la cena de sobras improvisada por el penitente.

—Daremos un vistazo por el castillo antes de despertar al rey. Se diría que no hay nadie más, pero tengo mis dudas —dijo Ayael.

Subieron a las almenas y recorrieron el contorno fortificado. Cuando Magrís vio la red de plata en uno de los patios, abrió y cerró los ojos varias veces para estar bien seguro antes de decírselo a su maestro.

—Esta sí es la de verdad —dijo Ayael cuando el muchacho se la mostró—. No hay más que ver el perfecto dibujo que forman los filamentos de plata bajo la luz de la luna.

—¿Cómo habrá llegado hasta aquí?

—Eso no importa ahora. Lo cierto es que se da una conjunción perfecta, aunque distinta a la que habíamos previsto. La profecía milenaria dice: «Habrá una noche en el Tiempo, noche serena como ninguna, con los astros en la espera de Acuario, en la que un hombre inocente, el más pobre de los de su rango, puro de intenciones, capaz de obrar con bondad y compasión, conocerá el antiguo mensaje de los pájaros en un gran lugar vacío. Con él estará alguien que será como su sombra. Su ayuda generosa no le faltará en el camino».

Ayael dejó pasar unos momentos y continuó:

—Estábamos equivocados en algunas cosas, ahora lo sabemos. El gran lugar vacío será este castillo, no el templo. Y la sombra del rey Gracián al parecer no serás tú, aunque tantas cualidades tienes para ello, sino ese hombre, el penitente. Quizá lo necesite más. Así lo indican los acontecimientos.

Magrís se mantuvo en silencio. Seguía contemplando el tenue brillo de la red de plata.

—Pero tú no estás aquí de más, querido Magrís. Te está reservado algo sublime. Enviarás al aire la llamada definitiva.

Magrís sacó todas las flautas del zurrón. Las dispuso en el orden áureo que Ayael le había enseñado cuando era niño y empezó a llenar la noche con aquellos sonidos que parecían verdaderos cantos de pájaros.

28 *La noche de la leyenda*

En el profundo corazón del bosque, siete preciosos pájaros aguardaban en un mismo árbol.

Estaban en un fresno, semejante a los primeros fresnos nacidos en el mundo, pero más frondoso que todos los que habían existido.

Eran siete: un estornino, un petirrojo, un jilguero, una alondra, un ruiseñor, un mirlo y una calandria.

Tres de ellos le habían hablado a Gracián. El último, en sueños.

Esa noche no sentían la habitual somnolencia que los hacía dormirse plácidamente con la retirada de la luz del día.

Sus ojillos no se habían cerrado al amparo de la oscuridad y el silencio. Seguían atentos, desvelados, muy abiertos.

Sus diminutos corazones estaban maduros para entregar el mensaje que los suyos habían conservado vivo, sin comprenderlo, a través de los siglos.

Hasta ellos llegaron las melodías de las flautas de Magrís. El muchacho tocaba con especial emoción la flauta-estornino, la flauta-petirrojo y la flauta-jilguero, así como las que tenían por nombre alondra, ruiseñor, mirlo y calandria.

Los siete pájaros volaron al castillo del rey Gracián. Acudían por fin a la cita milenaria. Nunca el esfuerzo de volar les había resultado tan liviano.

Cuando el rey Gracián se despertó, volvió a él toda la tristeza que tenía antes de dormirse.

Se levantó de la mesa en que había tomado aquella pobre cena y salió al exterior, seguido a una respetuosa distancia por Lucio, que era ciertamente como su sombra.

Quería despedirse de la noche. De las noches, del tiempo. Y del mundo.

Estaba solo, sin servidores, con la única compañía de un penitente errabundo al que había encontrado por azar.

El pobre rey Gracián pensaba aquella noche que ya no tenía nada que hacer en la Tierra, pues ya había vivido todo lo que tenía que vivir, que en realidad no había sido mucho.

Pero cuando vio la red de hilos de plata brillando tenuemente como un espejo de hilos de la luna, olvidó sus tristes ideas y exclamó:

—¡No puede ser!

Fue entonces cuando Magrís dio comienzo al mejor concierto de flautas de su vida.

Por el cielo que durante el día habían surcado el halcón, el águila real y el alcotán llegaron los siete pájaros que sabían palabras humanas. Acudían a la llamada de las flautas de Magrís.

Dieron varias vueltas sobrevolando el castillo y descendieron al patio donde brillaba sutilmente la red de plata.

No tardaron en descubrir las deliciosas semillas de palicardo. Las picaron despacio, sin disputárselas, como si cada uno supiera cuáles eran las que le correspondían.

Goramara y Márgora observaban a través de una ventana. Sus manos cerradas parecían corazones encogidos por la ansiedad. La suave armonía de las flautas les hería los oídos. Estaban inquietas y crispadas.

Béltor, ciego a todo lo que no fuera la obsesión de la venganza, buscaba a las dos hechiceras por salas y aposentos.

Saciados con el palicardo, los siete pájaros volaron a la red de hilos de plata y se dejaron apresar por ella. Empezaban a notar el efecto adormecedor de las semillas.

Gracián, seguido por Lucio a unos pasos de distancia, se les acercó despacio. Como la noche en que dejó libre al jilguero, no sabía bien si caminaba soñando o soñaba que iba andando. Al ver aproximarse al rey a la red de plata en la que ya estaban los siete pájaros, Magrís fue dejando sus flautas en silencio y las colocó en uno de los pretiles.

Gracián presentía que los pájaros iban a revelarle muy pronto su mensaje. Esa sensación le hizo sentirse afortunado y dichoso, pero también impresionado.

«¿Por qué yo?», pensaba. «¿Por qué a mí, entre todos los que vivimos en el mundo?»

El rey no estaba despierto ni dormido, sino en un estado que unía las dos cosas a la vez sin ser ninguna de ambas.

Cuando llegó junto a la red, oyó un hilo de voz:

—Te dije que volveríamos a vernos —le susurró el estornino—. Era verdad, aquí estoy. Y no he venido solo.

—Claro que no —dijo el jilguero—. Esta noche te diremos algo que nunca olvidarás. Te lo prometí si me dejabas escapar.

—Pronto, rey Gracián, cumplirás una leyenda —le anunció el petirrojo desde la red de plata.

Los tres pájaros a los que había devuelto la libertad le volvían a demostrar su agradecimiento.

Las sutiles voces de la alondra, el ruiseñor, el mirlo y la calandria también saludaron al rey que tantas veces se había deleitado con sus cantos.

Poco después se produjo un cambio. Cuando los siete pájaros se durmieron completamente, sus pequeñas voces casi humanas ya no le llegaban al rey por el aire, sino que nacían dentro de su pensamiento.

Dormidos, ellos le seguían hablando y la voz de los siete se transformó en una sola voz que decía silenciosas palabras.

«Ahora conocerás una verdad casi tan antigua como la humanidad.»

Gracián buscó el contacto con la tierra. Se arrodilló con cuidado, ayudándose con las manos, y luego se tendió boca arriba. Tenía los ojos cerrados y, sin embargo, seguía contemplando el firmamento estrellado. Lo veía a través de los párpados.

Lucio lo imitó y se tendió a su lado.

El milenario y silencioso mensaje de los pájaros fue llegando a su entendimiento como una brisa hecha de palabras:

«Escucha, rey Gracián, y no olvides nunca estas antiguas verdades.

Toda persona, al nacer, lleva dentro de sí la semilla de algo muy hermoso y grande. Si no fuese invisible, luciría en la noche como un astro.

Es un don que viene con la vida, un poder que a veces llega a ser inmenso. Nadie debe dejar que se le muera por no haberse dado cuenta.

Que todos sepan, rey Gracián, que son capaces de lo más sublime y lo más alto, que todos sepan que su pensamiento puede navegar en un mar sin límites, que recuerden que todos merecen ser reyes en la Tierra, que del primero al último están hechos de la misma materia que creó los grandes sueños.

Este es el viejo secreto. Que todos lo recuerden y obren en consecuencia.

En el Libro de la Vida de cada cual hay unas páginas en blanco que están siempre esperando.

Llenadlas de emoción, de hechos memorables, de entrega, de inspiración, de belleza, de dulzura, de talento, de pasión, de lo mejor de cada cual, de aquello que solo puede hacer cada uno de vosotros y nadie más hará hasta el fin del Tiempo.

Un humano, un ser capaz de imaginar mundos lejanos, de hablarles a los dioses, de crear belleza casi de la nada, de llorar de alegría o de dolor en lo más profundo de una madrugada, merece dejar su nombre, sus hechos y su huella en la larga historia del universo.

Y por ello nace con poder suficiente para hacerlo.

Que todos lo sepan, rey Gracián. El mensaje queda en tus manos.»

29 El fin de los prodigios

A Lucio, que se había sentado en tierra cerca del rey, le llegaron algunas de las palabras del mensaje. No tuvo dudas: los pájaros también le habían hablado a él. Era lo que esperaba. La señal de que su vieja culpa estaba lavada y redimida.

En el ventanal, Goramara y Márgora lloraban. Sus ojos rapaces destilaban lágrimas rojas. Ya sabían que el rey había recibido el mensaje. Nada de lo que ellas esperaban se cumpliría nunca.

Béltor y Enebro habían tenido un mal encuentro. Cuando el falso monje llegó furtivamente al castillo, aprovechó la aparente soledad del lugar para dirigirse enseguida al laberinto de los pasillos, con intención de recuperar sus perdidas semillas de palicardo.

Allí estaba Béltor, buscando a las hechiceras. Con la ventaja que le daba ver en la oscuridad, acometió al intruso. Enebro, sin saber quién lo atacaba, se defendió a ciegas y ambos quedaron malheridos y sin conocimiento en una encrucijada de los pasillos.

Ayael y Magrís permanecían silenciosos, como inmóviles testigos de un hecho anunciado desde mucho tiempo antes.

Gracián y Lucio creían que todo había transcurrido en unos instantes, pero el amanecer ya se acercaba.

El rey se levantó con dificultad, ayudado por el hombre que había sido un penitente, y abrió la red de hilos de plata para que los siete pájaros pudieran irse cuando quisieran. Al devolverles definitivamente la libertad, Gracián sintió una satisfacción muy grande.

El primero en despertarse y levantar el vuelo fue el estornino. Iba a esperar el claro sol del amanecer para recibirlo con sus trinos.

Luego se alejó la alondra: velaba por la aurora.

Más tarde se fueron por el aire el jilguero, que acompañaba la frescura de las fuentes, y el ruiseñor, que cantaba los juegos de la luz entre las ramas.

Por último, abandonaron la red de plata el petirrojo, que en aquellos días tenía crías a las que alimentar; la calandria, que cuidaba los colores de la mañana, y el mirlo, a quien le gustaba navegar sobre el mar verde que formaban las copas de los árboles.

Eran pájaros maravillosos, destellos de la hermosura del mundo, descendientes de los primeros pájaros que volaron al principio de los tiempos.

Magrís saludó su partida con el dulce sonido de sus flautas-pájaro. Era el mejor adiós que podía dedicarles.

Mientras, Ayael le dijo al muchacho:

—Esta noche ha llegado a su final la era de los prodigios. Esos siete pájaros eran los últimos animales capaces de hablar. Ya no volverán a hacerlo. Desde ahora hasta el fin del mundo, ningún otro animal será capaz de una proeza semejante. Ha sido la última vez. Ha merecido la pena estar aquí, Magrís, y haberlo vivido tan de cerca.

30 *Las páginas en blanco*

EL rey Gracián fue capaz de recordar el mensaje de los pájaros palabra por palabra.

Y al hacerlo se entristeció.

Se dijo que había nacido, reinado, envejecido..., pero, en realidad, no había hecho más que dejar pasar los días y los años sin molestar ni causar daño a nadie. Ahora sabía que eso no era bastante.

Ya era mayor. No tenía mucho tiempo. Y se le habían ido todos los servidores y soldados.

Ayael se le acercó, se inclinó ante él y se presentó como matemático, astrónomo, filósofo, mago y maestro de Magrís. A continuación le explicó por qué, fingiendo ser buhonero, le había entregado la red de hilos de plata, hablándole luego del muchacho.

—Por mis cálculos, deducciones y observaciones del firmamento, tenía por cierto que en estas tierras sucedería pronto lo anunciado por la antigua profecía. Y llegué a convencerme de que el hombre del que se hablaba en ella erais vos, como así ha resultado.

El rey abrazó a Magrís para demostrarle lo mucho que le agradecía que lo hubiese guiado por los bosques.

Después les repitió a los tres el mensaje que le habían transmitido los pájaros.

Magrís, Ayael y Lucio escucharon con la máxima atención. Antes de que pudieran manifestar sus impresiones, Gracián, con mucho pesar, añadió:

—En el libro de mi vida, muchas páginas están aún en blanco, vacías. Y así se quedarán, mucho me temo.

—Os equivocáis, señor —dijo Ayael—. Ya las habéis llenado.

—¿Cómo? —preguntó Gracián, sorprendido igual que un niño.

—Convirtiéndoos en personaje de leyenda al haber recibido el mensaje de los pájaros.

Gracián estuvo unos instantes callado, pensando. Los otros respetaron su silencio. Luego, el rey dijo:

—Eso no es suficiente. Quiero que todos sepan lo que me han dicho esos benditos pájaros. Cuando corra la voz, serán muchos los que querrán venir aquí para oírmelo repetir.

—Acudirán a cientos, señor —pronosticó Ayael.

—Pero ahora estoy solo. Se han ido todos. Os pido a los tres que os quedéis aquí conmigo. Tenéis todo el castillo a vuestra disposición.

—Es un ofrecimiento muy generoso —dijo Ayael, aunque su rostro expresaba duda.

Para acabar con ella, el rey dijo:

—Ya que sois matemático, astrónomo, filósofo y mago, os pido que aceptéis ser el consejero y ministro que nunca tuve. Magrís será la mano derecha de los dos. Y este buen hombre que me ayudó a llegar aquí tendrá también un lugar entre nosotros.

—Gracias, señor —dijo Lucio, conteniéndose para no caer de rodillas ante el rey—. Pero os tengo que pedir otro grandísimo favor.

—Si está en mi mano, lo tienes concedido.

—Permitid que traiga aquí a mi pobre mujer, que lleva cuatro años esperándome sin saber si estoy vivo o si estoy muerto.

—Ya quisiera verla junto a ti —concedió enseguida Gracián—. Ve por ella hoy mismo y vuelve en cuanto puedas.

Goramara y Márgora abandonaron el castillo muy de mañana. Parecían dos falsas niñas encorvadas, de cara espantosamente envejecida. Emprendían el camino de amargura que las devolvía derrotadas a las frías tierras del norte, de las que ya nunca volverían.

Utilizaron sus poderes para lograr que sus pisadas y todas las señales y huellas de su paso desaparecieran al poco de haberlas dejado.

Enebro se fue del castillo como un alma en pena. El mensaje dejado por los pájaros nada tenía que ver con sus febriles ambiciones. Estaba igual que al principio, conspirando en vano contra un mundo que se negaba a dar realidad a sus deseos y delirios.

Béltor partió poco después. Estaba muy aturdido. Seguía con su único propósito: encontrar a las dos brujas.

Nunca pudo hallar el rastro perdido de Goramara y Márgora. Estuvo años buscándolas, empeñado en una persecución tan imposible como desesperada.

Últimas palabras

En poco tiempo, el castillo contó con nuevos moradores y la corte del rey Gracián alcanzó un esplendor que antes nunca había tenido.

Acudieron numerosos viajeros, eruditos, artesanos, juglares, trovadores, músicos, hortelanos, albañiles, criados y soldados. Algunos se quedaron para siempre.

Y llegaban sin cesar nuevos visitantes de toda condición deseosos de conocer al rey que había oído hablar a los pájaros para escuchar de sus labios el mensaje milenario. A veces le entregaban valiosos regalos como prueba de su admiración.

Ayael y Magrís, así como Lucio y su mujer, nunca se separaron del rey mientras vivió.

Aquella última etapa de la existencia de Gracián fue la más dichosa.

Sus ojos siempre buscaban el asombro, la hermosura, algo con lo que emocionarse. Encontraba cada día un nuevo motivo para admirar el mundo.

Le gustaba sentir la respiración del tiempo, ver cambiar la luz con el paso de las horas, contemplar fijamente los crepúsculos y las auroras, beber el perfume de las noches y, sobre todo, extasiarse con los cantos y los colores de los pájaros. Continuaron siendo para él una de las mayores delicias y bondades de la vida, y una manifestación de la belleza y la armonía del mundo.

A lo largo de su vida, Magrís siempre tuvo muy presente el mensaje de los pájaros, y lo repitió a todos aquellos que quisieron escucharlo.

Con los años, alcanzó el grado de maestro en lírica, astronomía y filosofía, y utilizó el poder de su pensamiento en altos y nobles menesteres.

Todo ello pudo hacerlo gracias a las enseñanzas de Ayael de Anatolia, su maestro, y al ejemplo dado por el rey Gracián, leyenda entre los vivos por haber oído a los últimos pájaros que hablaron en el mundo.

Índice

Si te ha gustado este libro, también te gustarán:

Danko, el caballo que conocía las estrellas, de José A. Panero
El Barco de Vapor (Serie Naranja), núm. 52

Danko, el potro de Grígor, es capaz de guiarse por las estrellas y tiene más fuerza que cuatro caballos juntos. Además, entiende el lenguaje de los hombres, aunque solo a su joven amo obedece.

Escenarios fantásticos, de Joan Manuel Gisbert
El Barco de Vapor (Serie Naranja), núm. 107

Entre las múltiples facetas del mago Demetrius Iatopec está la facultad de aspirar espejismos. Su máximo deseo es inaugurar un Gran Teatro Mundial de los Espejismos. Y finalmente lo consigue. Pero el sabotaje de un antiguo compañero de trabajo está a punto de arruinar su sueño.

El Talismán del Adriático, de Joan Manuel Gisbert
El Barco de Vapor (Serie Roja), núm. 116

¿Podrá sortear Matías las celadas que le esperan en los bosques de Croacia? Un misterioso alquimista del siglo XV le ha encargado transportar una mercancía valiosísima y extraña, y hay muchos dispuestos a arrebatársela.

¡Déjate caer por un portal para gente como tú!
fueradeclase.com

EL BARCO DE VAPOR

SERIE NARANJA (a partir de 9 años)

EL BARCO DE VAPOR

SERIE ROJA (a partir de 12 años)